陽山純樹
Junki Hiyama
霜月えいと
Illustration
5
黒《こく》白《びゃく》の勇者
JN053139

王城の外に出たところで
セシルが待っていた。

「必ず、僕が勝利する」
確信をこめて呟《つぶや》くと、
カイは森の中を歩き出した。

物語のクライマックスで
あるかのような口上で、
男――**ザイン**は告げる。

「任せて」
メイは自信を覗《のぞ》かせるように
笑いながら言った。

「では行こう……
決戦の地へ」
そう告げ、**カイ**は歩き出す。
ユキトがそれに追随し、
その真後ろを**リュシル**と**セシル**がついていく。
数歩遅れて**ツカサ**と**メイ**が進み、
最後尾に**オウキ**が――
そして、迷宮の扉が開き始める。

INTRODUCTION

告白の行方と迷宮の扉

ユキトはセシルへ告白する。彼女もその想いを受け入れたが、一ヶ月の間は互いに忙しく話をすることもほとんどできずにいた。それに気付いた仲間の一人メイはセシルへデートに誘うよう進言した。そしてユキトは了承するのだった。

一方カイは地底の奥深くに潜伏し、ユキトにとって因縁の相手であるザインと共に準備を進めていた。全ては世界を支配するために――ユキト、そして邪竜をも凌駕《りょうが》するべく策を巡らし、ザインは力を手にするため彼に手を貸すことになる。

そうした中、デートの日がやってきた。ユキトとセシルは双方緊張する中で町を見て回り、やがて公園で休憩をとった際、ユキトは改めてセシルへ語り始める。理不尽な形で召喚されたが、自分が望んでいたものを手に入れた。そしてこの世界に残るか否か――セシルは答えを今提示する必要はないと告げ、また同時に何かあれば相談して欲しいと、微笑と共にユキトへ語る。

ユキトは改めて彼女を失いたくないと考えた時、異変が起こりセシルは駆け出す。ユキトが後を追い辿《たど》り着いたのは迷宮入口。内外を封鎖している重厚な扉が、開き始めている光景があった。カイと邪竜は密談を交わし、己が目的を達成するべく動き始める。一方でユキトは押し寄せる魔物と戦い始める。来訪者、聖剣使い、邪竜――様々な思惑が巡る中、戦いはついに最終局面を迎える。その決戦に勝利するのは果たして誰か――

黒白《こくびゃく》の勇者 5

黒白《こくびゃく》の勇者

5

陽山純樹

ヒーロー文庫

黒《こく》白《びゃく》の勇者

CONTENTS

Illustration
霜月えいと

5

イラスト／霜月えいと
装丁・本文デザイン／5GAS DESIGN STUDIO
校正／佐久間恵（東京出版サービスセンター）
DTP／伊大知桂子（主婦の友社）

この物語は、小説投稿サイト「小説家になろう」で
発表された同名作品に、書籍化にあたって
大幅に加筆修正を加えたフィクションです。
実在の人物・団体等とは関係ありません。

第二十一章　二人の想い

反逆者グレン、そして『白の勇者』であるカイの裏切り――この二つの造反はフィスデイル王国に大きな影を落とした。国政や邪竜《じゃりゅう》討伐の中軸を担っていた二人を失った代償はあまりに多く、あまりに大きい。穴埋めは容易なものではなく、多数の人々が奔走《ほんそう》する羽目になった。

組織再編などを行う必要性も出てきて、政治は大混乱に陥った――が、それに対処したのはリュシル。竜族《りゅうぞく》ではなく天神《てんじん》であることを公表した彼女は、政治の中心に立ち、ジーク王と共に政務をこなすように。

一方で、来訪者――ユキト達もカイがいなくなった穴埋めを迫られた。そもそもカイは来訪者達にとって精神的な支柱でもあった。その彼が消えただけでなく、反旗を翻《ひるがえ》したという事実は衝撃的であり、来訪者達の心のケアも必要だった。

正直、そこについてユキトは不安しかなかった――現在は『黒の勇者』として、カイと互角に戦える存在であるため実質的なリーダーとなっている。けれど本来はカイの側近であり、仲間の指揮や調整などはカイに頼り切りだった。戦闘面ではなんとかなるが、それ以外の部分の穴を埋めるのは難しいと考えていた。

双肩《そうけん》にのしかかった重圧は大きく、ユキトは――

「全部背負い込まなくてもいいよ」

不安しかなかった中、そう助言してカイの代わりを買って出たのはメイだった。彼女はユキトに言われるより前に、仲間達の心のケアに当たっていた。

彼女の行動は功を奏し、仲間達は少しずつ混乱を脱し始めた。他ならぬメイ自身もカイが裏切ったことで影響はあったはずだが――それを悟らせぬ彼女の振る舞いにより、仲間達は徐々に立ち直りを見せた。

結果、戦闘においてはリーダー役をユキトが担い、戦闘以外についてはメイが担うという役割に決まった。仲間達もそれで納得したし、ユキトにとっても次の戦いに備えることができるという意味合いでも、良い結果となった。

そして来訪者達の混乱が落ち着くと同時に、フィスデイル王国の王城内でグレンがいなくなったことによる穴埋めも、どうにか終えた。完全に混乱が消えたわけではないが、少なくともカイの捜索――加え、残る信奉者《しんぽうしゃ》達の捜索ができるくらいには落ち着きを取り戻した。

それがカイとの戦いが終わって一ヶ月経過した時のこと。未《いま》だに邪竜側は何も動きを見せていなかった――

「残念だけれど、今日の報告も進捗《しんちょく》なしで終わりだね」

そう述べたのはイズミ。王城内にある小さな会議室で、ユキト達来訪者と騎士側の代表としてエルト、来訪者の橋渡し役であるセシルが話し合いをしていた。

七日に一度ほど、こうして集まってカイの捜索結果を報告している。だがこの話し合いが始まって以降、進捗についてはイズミが言うように決まって同じだった。

「完全に手詰まりって感じ」

「こちらに悟られるような甘い潜伏はしていない、ってことだろうな」

ユキトは彼女の言葉に応じると、小さく息をついた。

この場には騎士二人に加えてユキト、メイ。先ほど発言したイズミに加えてもう一人いる。ユキトはそちらへ目を向け、

「霊具《れいぐ》を利用しての捜索は芳《かんば》しくない……そっちの方はどうだ？　ツカサ」

「残念ながら、こっちも同じ状況だ」

抑揚のない口調で応じたのは、黒縁の眼鏡を掛けたクラスメイト。表情があまり変わらず、常に淡々としている様子は、本当に同い年なのかと思ってしまうほどだ。

名はツカサ。ここまでの戦いにおいて前線に出ることはほとんどなかったが、ジャレム平原におけるカイとの決戦の際、カイに手傷を負わせた大規模魔法を放った人物だ。

「大地の魔力などを利用した索敵《さくてき》魔法でも引っかからない……山の中や地底、果ては空の

上ですら調べ回ったが結果は同じだ」

「範囲はフィスデイル王国内？」

「周辺諸国に多少触れている。ジャレム平原も例外ではないが……」

「他国にいる場合はどうするんだ？」

「そこについては各国が調べている。何かあれば通信魔法で連絡が入る手はずだ」

「……通信魔法？」

「イズミが遠隔で会話できる霊具を作成しただろ？　それを応用したものだ。ジャレム平原の戦い以降、いつ何時《なんどき》どの国が襲われるかわからなくなった。よって、リュシルさんの発案で、国のトップ同士が連絡できるようにしたんだ。元の世界で言うホットラインみたいなものだな」

「戦いから一ヶ月くらいだけど……各国の連携面は進展しているんだな」

ユキトは感服しつつも、

「ただ各国捜索を続けているが、進捗《しんちょく》はなしか」

「迷宮は？」

尋ねたのはセシル。その視線は迷宮が存在する方角を向いていた。

「迷宮内については調べたのかしら？」

「そこはいち早く調査した……迷宮の最奥には巨大な魔力がある。それは邪竜のもので間違いないだろう。他には魔物と思《おぼ》しき大きな魔力が多数……ただ目立った動きはないし、そこにカイが来たという様子もない」

　ツカサの言葉にセシルは「わかった」と引き下がる。けれどここで横にいた騎士エルトが発言した。

「ツカサ様、迷宮の調査はどのくらいの頻度で？」

「三日に一度くらいだ」

「その労力はどの程度ですか？」

「土地の魔力を介する調査魔法としては、それなりに魔力を消費するが……時間にして十五分程度だな」

「わかりました。申し訳ありませんが今後は日に一度の頻度で確認をお願いできますか」

「……理由を伺ってもいいか？」

　問い返したツカサに対しエルトは小さく頷《うなず》くと、

「グレン大臣……いえ、もう大臣と呼ぶのは止《や》めにしましょうか。反逆者グレンは邪竜と通じていた。彼が邪竜と関わっていた証拠となる資料は処分されており、何をしていたのかを含めわかることは少なかった……ですが」

　と、エルトは苦笑する。

「フィスデイル王国の重鎮であった人間でも、ミスはするもの……走り書きのようなメモがクローゼットの隅に落ちていました。そしてそこには、邪竜と交わした会話に関して書かれていました」

「会話……？」

「内容は信奉者をフィスデイル王国へ派遣するというものであり、この信奉者とはザインのことでしょう。過去の情報ではありますが……グレンはどうやらその話を邪竜から直接聞いたようなのです」

「なるほど、信奉者を含め邪竜に与《くみ》する者は、何らかの手段で迷宮に出入りし、邪竜とやりとりしているというわけか」

「十中八九転移魔法でしょうが……無論、私達が迷宮最深部へ向かう魔法はありません。一度『魔紅玉《まこうぎょく》』を取った状態で転移魔法を設置しても、その後迷宮が再び起動する際に消滅してしまいますし、入口から向かう以外手段がない」

「外部の人間は迷宮が再起動した時点でどうやっても転移できないと」

「使えたのであれば、とっくに『魔紅玉』を持ち去って事態を解決しています」

それはそうだ、とツカサは頷《うなず》く。ユキトはそんな様子を見ながら彼へ、

「ツカサ、転移魔法……相手はどういう理屈で使えているのかわかるか？」

「少し前に解析したな。簡単に言えば、二つの地点を行き来できる扉を作成するというイメージをしてもらえればいい。その際、魔法の鍵みたいなものを作ることで特定の存在の

みを自由に移動させることができる」

「人間が同じようにするのは……」

「天神と魔神《まじん》の魔力を解析しなければならない……が、人間の技術ではできていない。しかし邪竜は他ならぬ魔神の力を持っている。よって、転移するための扉と鍵を用意できたようだ」

そこまで説明したツカサは、エルトへ視線を向け、

「現在進行形で信奉者やカイが出入りしている、と？」

「その可能性を考慮しています。本当であれば四六時中監視したいところですが……」

「迷宮に内在する魔力の影響で、大地を利用した魔法でも観測できる時間はわずかだ。常時観察するための手法を検討中だが、目処《めど》は立っていない」

「そうですか……ひとまず、監視する頻度を増やして対応しましょう」

エルトは改めてツカサへ提案する。

「いくら迷宮内でも、聖剣の力があればこちらが気付くとカイ様はわかっているはずですし、入り込む可能性は低いと思いますので、直接のやりとりは信奉者が行っているはず」

「申し訳ないが、魔力は観測できても魔物と信奉者を見分けることはできないぞ」

「わかっています。何かしら大きな動きがあれば、すぐに報告を。それとツカサ様、調査魔法で邪竜は観測できていますか？」

「さっきも言った通り、迷宮最奥に巨大な魔力がある。それを邪竜とみて間違いないだろう」

「そちらの観測も引き続きお願いします。信奉者が入り込んでいる以上、邪竜が動き出さないとも限らない」

「承知した」

淡々とした物言いで承諾するツカサ。ここで、話し合いの内容は迷宮に関するものへシフトする。最初に質問をしたのはメイだった。

「エルトさん、地上の戦いが終わったら迷宮へ踏み込むことになるんだよね？」

「邪竜を倒さなければ戦いは終わりませんからね」

「迷宮へ入った際のプランとかはあるの？」

「迷宮の主《あるじ》によって魔物の数や罠《わな》などは変わりますが、内部構造そのものに変化はありません。天神と魔神、この二つの力が混ざった迷宮は、誰にも破壊することなどできない構造物となっているので」

「迷宮内の構造はわかっている……一方でショートカットとかはできないのか」

「はい。そして魔神が住んでいたためか迷宮の中層には地下城とでも言うべきエリアが存在しています。それらを含め、全部で十層からなる迷宮……構造そのものはシンプルで迷宮と呼ぶほど複雑ではありませんが――大陸最強の魔物が跋扈《ばっこ》する、まさしく修羅《しゅら》の領域です」

メイはエルトの言葉に押し黙る。邪竜を倒すための最難関――けれど『魔紅玉』を手にして願いを叶《かな》えるには避けて通れない。

「ただ、地上の戦いとは異なり迷宮攻略には多数のスペシャリストがいます。この国には迷宮における戦い方などのノウハウもあります。故に、迷宮攻略そのものはさほど心配していません」

「へえ、そうなんだ」

「とはいえ、邪竜は迷宮の外へと侵攻した初めての存在……なおかつ信奉者がいる以上は、極めて困難な戦いになるでしょう。最大限の準備を行い、攻略していく……ですがその前に、地上の戦いを終わらせなければ」

ユキト達はそれに頷《うなず》く。話はそこで終了し、解散となった――

「それじゃあ俺は行くよ」

そうユキトは言い残して足早に部屋を出て行く。残された仲間達は特に声を掛けなかった。どこへ向かうのかは、知っているからだ。

迷いない歩調でユキトは城内を進んでいく。その間に、腰に差している剣に触れる。

「ディル、今どこにいる？」

『……ん？』

ディルの声がした。けれどそれは周囲には聞こえない――ユキトの脳内に響く声。

『ユキト、会議は終わったの？』

「ああ。今から訓練に入る」

『りょーかい。ディルも向かうよ』

――ユキトの腰にある剣にはディルという人格の意思が宿り、戦闘時は共に戦っている。だが城内にいる時はディルは人型を取って好き勝手に行動しており、ユキトも「一緒にいても退屈だろうし」と認めている。

ただ、剣に触れた状態で呼び掛ければ応答はしてくれる――やがて辿《たど》り着いたのは訓練場。カイや他の仲間と一緒に鍛練を重ねた場所だが、今日は閑散としていた。

その場にいたのは二人。一人は黒いドレスを身にまとったユキトの相棒であるディル。もう一人は、会議の席にはいなかった――フィスデイル王国の重鎮、リュシルであった。

「思ったよりも早かったわね」

「そっちの仕事は？」

「今日はとりあえず切り上げた」

「終わったわけじゃないんだな」

「グレンがいなくなった分、仕事量が増えたからね……でも」

リュシルの瞳が、ユキトを射抜く。

「それよりも、やらなければならないことがあるから」

「……そうだな」

　ユキトとリュシルは、必ず一日一回こうして訓練場で顔を合わせ、鍛練を行っている。その目的はカイや邪竜に対抗する手段――天神であるリュシルがユキトと融合する技法、通称『神降《かみお》ろし』を完璧に使いこなせるようにするためだ。

　カイとの激闘で用いたこの手法は、今後の戦いにおいて切り札と呼べるもの。聖剣を除けば、人類が邪竜に対抗できるほぼ唯一の手段。よって、先日の戦い以上に鍛え、強くならなければならない。

　加え、ディルの扱いについても学んでいる最中だった。カイとの戦いでは最後、ユキトは爆発的な力と共に彼を押しのけた。仲間が討たれるという危惧から覚醒したようで、結果としてディルは霊具の成長を果たしたらしい。

　ただ、元々強力な霊具であったためか制御が難しく、結果『神降ろし』の訓練と合わせてディルの鍛練も必要になった――ただこれは、逆を言えばユキトとリュシルとディル――三者の力を制御できれば、今まで以上の戦力になることを意味している。

「正直、鍛練はまだまだ途上ではあるけど……」

「焦る気持ちはわかる。でも、着実に進めていかないと」

　リュシルの言葉にユキトは「そうだな」と同意しつつ、

「それじゃあ始めよう、昨日の続きからでいいか？」

にこやかに応じるリュシル。ユキトが剣を引き抜くと、ディルの姿が消えて剣に宿り
——鍛錬が始まった。

＊　＊　＊

ユキトが立ち去った会議室では他の者達も撤収の動きを見せる中、セシルを呼び止める人がいた。

「ねえセシル」

呼び止めたのはメイであり、彼女はセシルの前に立って向かい合う形で話し始める。

「最近、ユキトと話した？」

「いえ、あまり……どうしたの？」

他の者達が部屋から出てセシルはメイと二人きりとなる。

「そっか……なんというか、すごく自分を追い込んでいるみたいな気がして」

「カイとの決戦準備をしている以上、仕方がないかもしれないけれど……」

「私もユキトに対しては強く言えないからなあ……」

「そう。私も可能な限り話はしたいけれど、仕事が立て込んでしまって」

カイとの戦いの後、ユキトはセシルへ想いを告白し、彼女もそれを受け入れた。ただそれ以来、二人が顔を合わせる機会はこうした話し合いの席だけになってしまっている。

原因は、王城の混乱を収めるため。セシルは騎士をとりまとめるエルトへ来訪者の動向を報告しなければならなかったし、何より騎士としての仕事もあった。

しかも今のセシルは、前回の戦いでグレンを追い詰めた騎士どして評価が高まり重要な仕事も任されるようになった。

来訪者との橋渡し役という本来の役割もあり、王城に戻ってからは目が回るほどの忙しさ。落ち着きを取り戻し始めた現状は一ヶ月前よりはマシになったとはいえ、大変なのは間違いない。

「ま、仕方がないか」

どこか残念そうな表情でメイは応じた。

「ほら、セシルとしてもユキトと一緒に過ごしたいでしょ？」

「……その気持ちはあるけれど、状況がそれを許さないから」

告白については話さないのも変なので来訪者や同僚には公《おおやけ》にした。気恥ずかしさはあったが一番にメイへ伝えた時は、セシル以上にはしゃぐほどの喜びようだった。

「うーん、でもそろそろ二人の時間を作らないと……」

なぜか気を揉《も》むメイ。どういうことかとセシルが尋ねようとした時、

「ユキトは常に緊張状態で、ずっと気を張ってる。カイとの戦いや邪竜との戦い……それまでもつのかもわからない」

「危険な状態ということ？」

「ディルやリュシルさんがいるから、戦闘については問題ないと思う。だけど、精神的には……」

メイが不安を抱くのも当然だとセシルは思った。

ユキトの鍛練はそれこそ鬼気迫るものだった。天神であるリュシルと融合するという技法を使う以上は生半可《なまはんか》な気持ちではできないのだろうが、メイの言うとおり自らを追い込みすぎているようにも感じられた。

「……解決する方法はあるのかしら」

セシルは呟《つぶや》いた。するとメイは、

「セシルも忙しいんだよね？」

「ええ。でも、少しなら時間を作ることはできると思う」

「なら、ユキトが少しでも戦いから離れられるようセシルに手を貸してもらいたいな」

「……例えば？」

「デートに誘うとか」

メイの言葉にセシルは沈黙する。唐突に言われて戸惑った面もあるがそれ以上に、

「……メイ、もしかしてそれを言うために呼び止めた？」

「バレた？」

問い掛けにメイは笑う。

「ただ冗談じゃなくて心からの助言だよ。ユキトだって肩の力を抜く機会がないと」

「肩の力……戦いのことを少しでも忘れることができたら、ということかしら？」

「そうそう」

メイの返事に対し、セシルは理解しつつも困惑する。

彼女の言うとおり、ユキトにリフレッシュしてもらいたいという気持ちはある。だがセシルは生まれてこの方デートなどというものをしたことがないため、どうしたらいいのかわからない。

そうした心情を察したのか、メイはすぐさまセシルへ提案した。

「デートプランなら、一緒に考えるよ」

「……ありがたいけれど、メイは経験あるの？」

「実を言うと私もない。だからプランを組んでと言われてもあんまり自信はない」

「……メイってモテそうだけど」

「恋愛云々《うんぬん》には興味あるし、告白されたこともあるけど興味が別に移っちゃったからね」

「アイドル活動？」

「そうそう」

幾度か頷いたメイは、何か思いついたように手をポンと叩き、

「私だけじゃなくて、色々な人に尋ねて回ってみようか。町のことなんかもちゃんと調べないとプランは組めないし」

「……私達だけでなんとかならなそうだし、良いとは思うけど……話を聞いてくれるかしら」

「他ならぬユキトのことなんだし、相談に乗ってくれるよ。そうと決まればまずはユキトを誘うところからだね」

「え……!? 誘ってから決めるの!?」

「プランを練り込んでからだと、いつになるかわからないし」

「でも……」

「それに、次の戦いまでそう間が無いかもしれない。だったら、すぐにでも行動した方が良いと思わない?」

問われ、セシルは沈黙したが──確かに、と納得もした。

次の戦いがいつ起こるのか。それは現時点で誰にもわからない。戦争を仕掛ける主導権があるのは間違いなく邪竜側で、今は先んじて動くべくカイを捜索している状況。

だが、相手が尻尾を出す可能性は限りなく低い。であれば、気掛かりであることはすぐ

にでも解消した方がいいのは確か。

「……わかったわ」

セシルとしては躊躇《ちゅうちょ》してしまう話ではあったが、メイの言葉に同意した。

「よし、それじゃあ行こう」

メイの足は訓練場へ向けられる。セシルも緊張した面持《おもも》ちでメイの後に続く。

（けれど、話ができる状態にあるのか）

セシルはそうした不安を抱く。リュシルとの鍛練は、魔力を限界まで引き出す極めて危険なものだ。集中力は相当なもので、邪魔してしまうのであれば無闇に話し掛けない方が良いかもしれないが、

「ん……」

その時、魔力を感じ取った。それは明らかに異質な――けれど感じた経験があるもの。リュシルが放つ天神の力。今日もまたカイを倒すために訓練に勤しんでいる。

「訓練が終わってから話し掛けるべきではないかしら」

「大丈夫大丈夫。それに、夜まで待ってたらセシルの決意が弱まっちゃうかもしれないし」

そんな言葉を受け、当のセシルは苦笑する。それは事実だろうと――尻込みしてしまうだろうという自覚があった。

告白され、セシルも想いを伝えて――けれどやはり、ユキトに対しどこか遠慮している

自分がいた。いや、むしろそういう立場になったからこそ引いた自分が存在する。そうするのも、決戦が差し迫り、そちらに集中すべきと考えているからである。だがそれ以上に、想いを伝えたからこそ彼がどういう決断をするのか——この世界に留《とど》まるのか、それとも元の世界へ帰るのか見守らなければならないという考えもあった。大切な人だからこそ、決断を邪魔したくはない——メイはそうしたセシルの考えも察しているのだろうか。

「ほら、早く行こう」

歩みが遅いセシルの手をメイが引くようにして廊下を進む。やがてさらに強い魔力を廊下の先から感じるようになって、セシルは本当に大丈夫なのだろうかという不安に駆られたのだった。

＊　＊　＊

本日の鍛練は、ユキトが握るディルへの魔力収束——天神の力をどこまで叩《たた》き込めるのか、その検証を行っていた。

リュシル自身、全盛期とは程遠い力ではあるが、それでも並の霊具なら耐えきれず壊れてしまうほどの魔力量を維持している。先日行ったカイとの戦いでは、ディルと連携して力の維持に努め長期戦には耐えられた。けれど瞬間的な力が必要な短期決戦をどれだけ行えるのか現時点ではわからないため、確かめなければいけなかった。

よってユキトはひたすら魔力を剣へと注いでいく。

「ディル、まだいけるか？」

『うん、問題ない』

ユキトの呼び掛けにディルは容易《たやす》く応じる。刀身には既に軋《きし》む音が生じているほど魔力が込められている。しかし彼女の声は涼しげだった。

「リュシルさん、そっちは？」

『まだまだ注げるけれど……ディル、本当に大丈夫？　剣は危なそうだけど』

『大丈夫大丈夫。ドンドンやっちゃって』

魔力が高まるごとに、キインと金属音すら鳴り始める。ユキトの方も不安しかなかったのだが、

「……本当に、いいんだな？」

『問題ないよ』

「わかった……リュシルさん、やってくれ」

刹那、天神の魔力が一気に剣へ収束し──次の瞬間、パアン！　と破裂音が響いた。

「え──」

ユキトが声を上げた直後、カランカランと音が。それはディルの刀身が半《なか》ばから砕け、先端部分が床を滑る音だった。

「おい、ディル⁉」

『おお、折れた場合はこんな感触なのか。びっくりしたけど意識的に問題はないかな』

「いやいや、問題ないじゃないだろ！　剣が――」

そこまで言いかけてユキトの口が止まった。理由は、気付けばディルの刀身が元に戻っていたためだ。

ついでに言えば、床を滑った先端部分は魔力となって消えていた。思わぬ現象にユキトは呆然《ぼうぜん》となる。

『カイと最後にぶつかってから、私自身変化があったみたいなんだよね』

と、ここでディルが解説を始める。

『剣そのものを変化させることができるようになったっぽい』

「……どういうことだ？」

『今までは私の剣と意識は一体化していたけど、意識だけユキトの方に預けたりとか、あるいは剣そのものを物質じゃなくて魔力の塊にできたりとか』

「――それがおそらく、霊具の成長による効果ね」

ふいに『神降ろし』が解除され、リュシルがユキトの目の前に現れる。

「ディル、あなたの成長は単純に能力が強化されるのとは違う……性質の変化にあった」

するると、剣を握るユキトの横に、黒いドレス姿のディルが出現する。

「つまり、物質にも魔力にもなれるってこと？」

「ええ。成長する前は今みたいな事態に陥ったら壊れて終わりだったはず。けれど物質と魔力、二つの性質を併せ持ち変化できるようになったことで、折れても元に戻れるといった構造になった」

そう語った後、リュシルはユキトが握る剣を見た。

「迷宮の力によって生まれた霊具は、基本迷宮踏破を目指していた人間が残した武具が由来となっている。だから武器に魔力が宿ったことで強くなったわけだけど、壊れたらそれまでだった」

「元々がただの武器だから、壊れれば終わりだと」

ユキトが剣を鞘《さや》に収めながら答えると、リュシルは小さく頷《うなず》いた。

「ええ。けれどディルは天神の手で製造された武具……その素材も人間が加工したものと大きく違う。制作者は意思を与え、物質にも魔力にも変化できるという性質を加えた……それが成長をきっかけに発露したのだと思う」

「例えばさ、ユキト」

リュシルに続き、ディルが口を開く。

「魔力の塊になれるから、剣を手放しても引き寄せることができるよ」

「本当か?」

試しにユキトは剣を床に置いた。そしてディルに目配せをすると――彼女はわずかに魔力を発する。

結果、どうなったか。突如ユキトの手に重みが加わり、床に置いたはずの剣が握られていた。

「魔力となって一瞬で霧散《むさん》し、ユキトの手元で集結したって感じかな?」

「なるほど、剣を弾《はじ》かれてもすぐ手元に戻せるのか……わざと隙《すき》を作って相手を油断させる、という手が使えそうだな……ま、カイや邪竜に通用する技法かは微妙だが。ディル、引き戻せる範囲とかはわかるか?」

「ディルはユキトと契約みたいな形でくっついているから、魔力を察知できれば瞬時に移動できるよ」

「範囲としてはかなり広そうだな……何かに使えるかもしれないし記憶に留めておくか。ディル、他に何か新しくできることはあるか?」

質問に対しディルは腕を組んで頭をひねる。

「あとは、そうだね……魔力の塊になれるということは、ユキトの体の中にも入り込めるようになったかな」

「その言い方だとなんだか不気味だけど……つまり、身の内に魔力として溜《た》めておくことができると」

「そうそう」

言うや否やディルの体が消える。直後、ユキトは体の中から熱を感じた。

『ディルとユキトは契約関係にあるから、入り込んでも問題ない』

「これも何かに使えるか……？　とりあえずディルの扱い方に選択肢が増えたことは良いのかもしれない。ただ」

そこまで言うと再びディルが表に出てくる。

「さっきの検証……やっぱりリュシルさんが放つ全力の魔力を受けきることはできそうにないか？」

「あれは私なりに色々やった結果だから。刀身に魔力を集めるけど、さらに一点……剣の真ん中辺りに集中させたらどうなるのか試した結果、折れた。でも、刀身全体にまんべんなく魔力を流せばいけると思う」

「リュシルさん、試すことはできるか？」

「ええ、構わないわ――」

ディルが消えリュシルが再度『神降ろし』を発動させようとした時、ユキトは人の気配を感じ振り返った。訓練場の入口、そこにメイとセシルが立っていた。

「どうしたんだ？」

「あ……」

気付かれてセシルは押し黙ってしまった。その様子を見たメイが笑っているのが印象的で、ユキトは眉をひそめるしかない。

『ほう、なるほど』

だがディルはどういう状況なのか理解したらしい。リュシルも入口に立つ二人を見て何のために来たのか察した顔を見せた。

つまりわかっていないのはユキトだけ――ここでメイがセシルをせっつくように小突いた。それにセシルは反応し、観念したように一歩前に出る。

「……訓練の方はどう？」

「色々と検証している最中だ。ディルが霊具の成長を果たしたため、やれることが増えている……けど、役に立つかどうかは不明だな」

肩をすくめるユキトにセシルは「そう」と短く答える。心ここにあらずといった様子だ。

（メイに急かされていたから、セシルには言いたいことがあるみたいだけど――）

「ユキト、唐突なのだけれど」

「ああ」

「……根《こん》を詰めすぎるのも良くないし、少し町に出かけない？」

ユキトとしては思わぬ提案だった。それと同時に、確かにずいぶんと自分を追い立てていた、という風にも感じた。

メイが中心となって、カイがやっていたことの穴埋めはできている。けれど戦闘面については間違いなくユキトの双肩《そうけん》にかかってしまった。だからこそ、強くならなければという考えのもと、ひたすら修練を繰り返している。

しかし相手は聖剣を持つカイと元凶である邪竜。どこまでやっても終わりが見えない。それはやがて焦燥感《しょうそうかん》を抱くに至り、焦りのような心境に陥りつつあったのも事実。

「……心配してくれたみたいだな」

ユキトはセシル達がここに来た理由を把握し、メイへ首を向けた。

「メイの差し金か？」

「そんなところ。私がセシルと一緒に来たんだから、すぐに察してもよかったけど」

「戦いのことで頭が一杯だったのかもしれない……ただ提案はありがたいよ。俺も少し、決戦のことばかりに目を向けすぎていたんだろう」

「なら提案を受け入れる？」

『いいじゃん、せっかくだから遊びなよ』

頭の中でディルの声が響く。

『少しくらい楽しんだって誰も文句は言わないでしょ』

「……リュシルさんはどう思う？」

「セシルの言うとおり根《こん》を詰めすぎているかもしれないし、良いと思うわ」

「なら……ただそれ、今日やるのか？」

「プランはこちらで考える」

メイが言い出す。ガッツリ関わる気なのだと認識すると同時、

「これはユキトを労《ねぎら》うものだからね。それにせっかくの機会だし……」

「何か思惑がありそうだな」

「うんうん。楽しみにしていて。というわけでセシル！　今から準備をしよう！」

「え!?　え、え……!?」

メイは困惑するセシルの手を引き、強引に訓練場を去って行く。なんだか嵐が過ぎ去ったようだ、という感覚を抱きつつユキトは小さく息を吐いた。

「……リュシルさん、今日はこのあたりにしておこうか」

「そうね。あ、ユキト。ディルを少し借りたいのだけれど」

「ディルを？　別に構わないけど」

再び出現したディルにリュシルは、

「成長によって色々とやってみたいことが増えたから、今から試させて」

「うん」

「俺は剣でも振ろうかな」

「なら、指南役を呼ぶ？」

「ああ、そうしてくれ」

「わかった。ディル、少し待っていてね」

リュシルは訓練場を出て行く。それを見送っているとディルが、

「ユキト、楽しみじゃない？」

「……楽しみ？」

「メイの差し金とはいえ、セシルが相手ってことはデートだよね？」

――言われて、初めてユキトは気付いた。

「あれ？　その反応だとわかってなかった？」

「……確かにプラン云々《うんぬん》言っていたし、何よりセシルが提案した以上は仲間内で遊びに行くというわけじゃないな」

改めて思い返し、ユキトはなんだか緊張してきた。

「俺、何かやるべきかな」

「あれ？　急に困った感じになってるけど」

――ユキトとしては勢いで告白してしまったが、生まれてこの方女性と付き合ったことなどなかった。つまりセシルが初めて恋仲となった人物であるのだが、決戦が差し迫って

いることもあり、彼女との関係そのものを棚上げしている面があった。

けれどどうやら、メイが後押しをしてその状況を変えるようだ——ということまで想像し、ユキトはセシル達が動くのであれば自分も、と思ったのだが、

「まあまあユキト。ここはどっしり構えていればいいんじゃない？」

と、そんな発言がディルの口から飛び出した。

「ユキトを労《ねぎら》うというのが目的なわけだし、座して待てばいいと思うよ」

「そんなものかな……まあ、メイの様子だとこっちが何かしようとしたら止めそうな気はするけど」

とはいえ、とユキトは胸中で呟《つぶや》く。プランなどはメイ達が立てるということなので、お礼くらいは用意しておいた方がいいだろう。

「……俺がやれることとしては……」

「なんだか鍛練している時より表情が硬いね」

ディルから指摘され、ユキトは微妙な顔つきとなる。それを見てディルは爆笑した。

＊＊＊

グオオオオ——という風の音が聞こえてくる。そこは地底奥深く、本来ならば漆黒《しっこく》の暗

闇だけが広がる空間。だが今はその場所に魔法で生み出された明かりが灯《とも》り、直立した人影が二つあった。

「しかし、本当にバレないもんなんだな」

一人は元信奉者——邪竜の配下でありながら裏切り、一度は粛清《しゅくせい》の憂《う》き目にあったザイン。そしてもう一人は彼と手を組んだ存在、聖剣使いのカイ。

場所は地底でありながら広大な、それでいて生物の気配がない虚無の空間だった。そうした場所にテントを設置してカイ達は潜伏している。ここにいることは、カイと手を組む邪竜ですら知らない。

「あんたはここならバレないとわかった上で選んだのか？」

「元々、信奉者を捜索する中で観測できない所があるのはわかっていた」

カイはそう答える——格好は以前着ていた騎士服ではなく、白銀の胸当てなど白を基調とした装備。ユキトとの戦いで衣服が汚れてしまったため新たに手に入れたが、存外悪くないとカイは感じている。

「この周囲に濃い瘴気《しょうき》が自然発生していて、遠隔の索敵《さくてき》魔法では感知できないんだ」

「へえ、なるほどな……邪竜の野郎にも気付かれないのか？」

「そうだ。いくら邪竜が地底を根城《ねじろ》にしていても、残る配下が少ない状況では調べられないさ」

肩をすくめつつカイは応じた後、地面に座り込んだ。

「さて、作戦会議といこう……邪竜からいくらか指示をもらっている。そして今後どう動くのかについても聞いた」

「あんたと邪竜は共闘している形だが、いずれ戦うことになる……今は目先にいる敵を優先ってところか？」

「そういう認識で構わない。僕らが望みを叶《かな》えるために、その障害となっている国々を滅ぼさなければいけない」

ザインはカイの強い言葉を受けてか一度押し黙る。とはいえ納得はしたようで、

「……わかった。それで、俺は何をする？」

「決戦が控えているわけだけど、そうした中でも邪竜との戦いに備える必要がある。よって、策を施すために手を貸してほしい」

――そしてカイは詳細を語り始めた。これから起こること。そして今後どのような展開になるかについて。一連の説明を受けるとザインは呆《あき》れたように口の端を歪《ゆが》めた。

「そこまで計算しているとはなあ……邪竜の野郎も心底面倒な相手だと感じていることだろうな」

「だとしても、邪竜は勝利を確信し動いているだろう。その隙《すき》を突く……ただこの作戦、僕が動けばすぐに気付かれてしまう」

「力を持たず目立たない俺が、成功率を上げるってわけか……なるほど、そういうことも想定して俺を味方に引き込んだか」

「色々な可能性を考慮し、邪竜に知られない味方が必要だとは考えたけど、さすがにあなたと協力するとは思ってもみなかったよ……それで肝心の報酬については――」

「ああ、皆まで言わずともわかる。作戦が成功すれば力を得られる。それが報酬というわけだ。喜んでやらせてもらう」

――ザインは「俺が力を得ても問題はないのか」という疑問は口にしなかった。以前、カイはそれならそれで戦えばいいと返答している。既に終わった話だ。

「あんたのプランは完璧だとは思うが、いくらでも想定外の事態に陥りそうだな」

「それは当然だよ。物事が目論見《もくろみ》通りいくなんて、口が裂《さ》けても言えないな。ジャレム平原の戦いで負けた僕としては」

「だが一度は敗北した以上、次は必ずって感じか？」

「無論だ。それに次はしくじれない。今までは失敗してもリカバリーできたが、今回は負けたら即、終わりだ」

「ああ、わかっている。俺も最大級の警戒心を持って作戦を遂行させてもらおう」

ザインの言葉にカイはしっかりと頷《うなず》いた。力を得るという目的のために、ザインは必ず動いてくれるという確信があった。

「とはいえ、だ。もしそちらが邪竜に見つかっても僕は援護できないからね」

「そんなこと百も承知だ。そもそも、助けなんて期待してねえよ」

「なら良かった……僕にとってもザインの行動は要《かなめ》となっている。無事に作戦が成功し、望む力が得られることを心から祈っているよ」

――紛《まぎ》れもない本心からの言葉だった。それはザインにも伝わったようで、苦笑する。

「以前は敵として……それも、心を砕こうとしていた奴にそこまで言うとはなあ」

「僕には野望がある。それに手を貸してくれるのであればどんな相手であろうと協力するさ」

「何より、野望というわけか……なあ、ユキトを含め来訪者達はあんたが裏切った以上、殺すか止めるかを選択しなければならないだろ？」

「僕に決戦を挑むのはユキトだ。となれば、彼が選択することになるね」

「どっちを選ぶと思う？」

「ユキトであれば覚悟が決まっているかもしれない……が、もし止めようとするのであれば、そこに付け入る隙《すき》がある」

「……恐ろしい奴だな」

ザインもまた本心からそう述べ、

「いいぜ、あんたのプランに従おう。そして……全てを知る存在として、最後まで付き合ってやるさ」

「ありがとう。では邪竜が動き出すまでは待機だな」

「そう遠くないうちに始まるんだろう？」

「それは間違いない。邪竜としてはタイミングを見計らっているのかもしれないね」

「タイミング？　いつでもよさそうなもんだが」

「邪竜は多くの信奉者を失っているけれど、まだ大陸の情勢をつかむくらいに情報網は維持している。つまり、相手の動きを見て攻撃の判断を下す」

「あんたはそのタイミングも把握できるのか？」

「いや、邪竜の独断だから予測は難しい……が、動き出した時点で連絡が来る手はずになっている。よって準備を整え、邪竜が行動開始した段階で、僕らも作戦開始だ」

「その時が――」

「そうだ。その時こそ、人類と邪竜……存亡を賭けた戦いが始まるというわけだ――」

＊　＊　＊

セシルにデートに誘われてから、ユキトは穏やかな日々を送っていた。相変わらずカイの捜索は成果が上がらず、ツカサによる迷宮の監視についても動きはない。一方、ユキトの『神降ろし』に関する修行は順調であり、確実にこの技法を使いこなせているという実感があった。

カイや邪竜との戦いに通用する力なのかはわからない。だが、今回は仲間達も入念な準備ができることを踏まえれば、勝算は十二分にあるとユキトは考えた。それを信じ、剣を振り続けるのみ——けれど修行の合間に、とうとうその日がやって来た。

「緊張している感じだね」

と、見送りのディルが言う。場所は王城のエントランス。ついにセシルとのデート当日を迎え、ユキトは支度をして待ち合わせ場所へと向かっている。そんなユキトを見送りにディルとリュシル、さらにメイが待っていた。

「なかなか様になってるね」

次にメイが発言する。この日のユキトの格好はいつも身にまとっている騎士服ではない。さすがに街に繰り出すには堅すぎるということで、新たに仕立ててもらった青を基調とした街に馴染《なじ》む衣装である。冬は過ぎ季節は春を迎えているため、軽装ではあるが寒いなどということはない。

「なあ、一ついいか?」

ユキトは頭をかきつつメイへ尋ねる。

「昨日、侍女さんにこれを着るようにと渡されたんだけど……」

「うん、そこはツカサとかオウキとかにお願いした」

「まさかの……もしかして仲間達が全員協力しているのか？」

「さすがに全員じゃないけど、多くは。イズミとかは作業に没頭しているし」

そう言いながらメイはユキトに近づいてその背中をバン、と叩《たた》いた。

「というわけで、楽しんできてね」

「ありがとう。俺を労《ねぎら》うという目的以外になんだか目論見《もくろみ》がありそうな雰囲気だけど」

ユキトの言葉に対しメイは「あはは」と笑うだけである。

「……行ってくるよ」

そんな態度に胸中で呆《あき》れつつも、ユキトは歩き出す。王城の外に出たところでセシルが待っていた。

服装は当然ながら騎士服ではない。深い青色のロングスカートを穿《は》いており、いつもとは雰囲気の異なる格好で、ユキトの目には新鮮に映る。

「おはよう、ユキト」

「おはよう……なんだか、緊張しているな」

普段の堅い格好ではないにも関わらず、どこか力が入っているように見受けられた。

「そういうユキトも、緊張しているわね？」

「……お互い様ってことかな」

そこでユキト達は笑い合った。それでようやく全身から力が抜け、

「それじゃあセシル、行こうか。俺の方はプランとか何も無いけど……」

「そこは大丈夫……まずは、大通りに向かいましょう」

「大通り？」

「ええ。と、その前に」

セシルはスカートのポケットから何かを取り出す。

「はい、これ」

ピンポン球くらいの小さな石の球体だった。ユキトはそれを受け取り、

「これは、何だ？」

「イズミが作成した霊具。持っていると気配が薄くなって周りの人からは私達であると認識できなくなる」

「……普通に町に出ると騒動になるってことか」

「ユキトの顔は色んな人が知っているから」

「そういうセシルはどうなんだ？」

「私の方も話題に上るようになった、と言われているけれど……正直、その評判に応えられているかは――」

「大丈夫だよ、セシルなら」

唐突に放ったユキトの言葉に、セシルは一瞬口が止まった。

「あ、ごめん……一緒に戦っているパートナーなわけだし、もっと自信を持っていいという意味合いなんだけど」

「……ありがとう。ともかく、これを持っていれば私達であることを町の人は認識しない。見た目が無骨なのはデザインする暇がなかったからだけれど」

「別に気にしていないけど……これを持っていれば、大騒ぎにはならないと」

「そうね。確認するためにも行きましょう」

セシルが先導する形で歩き出し、ユキトも彼女に続いて町中へ向け歩む。

王城周辺は役所関連の施設などがあるため、人通りは少なく静か。一方で、ここにいても人々の声は聞こえてくる――それは明らかに、王都のメインストリートから発せられるものだった。

「ユキトはベルファ王国から戻ってきた後、鍛練の日々を過ごしていたわけだけど」

道中でセシルが口を開く。

「町の様子を見ることはなかったでしょう?」

「確かに……生活そのものは城内で事足りていたからな」

街へ繰り出す仲間もいたようだが、ユキトは行かなかった。カイの側近として忙《せわ》しなく仕事をしていたのも理由である。とにかく暇がなかった。

「戦いはまだ続いている」

セシルがさらに続ける。

「戦時中であるのは事実だけれど、人々は邪竜が出現する前の状況を取り戻そうと頑張っている」

「それを果たしつつある……か？」

「私達は決戦が待ち構えているけれど、人々は希望を胸に生活するようになったのは間違いないわ。もちろん、カイのことを公表していないから、という面もある」

セシルはそこで一瞬だけ暗い顔をするが、すぐに表情を戻す。

「けれど、邪竜が侵攻を開始した時よりも遙《はる》かに状況がよくなっている。何より物流が機能しているし、人々が普通の営みをできるようになった」

大通りへと向かう中、喧噪《けんそう》と言うべき音が次第に強くなっていく。

「凄惨《せいさん》な出来事があり、多くの犠牲もあった……でも人々は、希望を抱き前を向いて進む力を持っている」

「そうだな……」

「だからこそ、この町の光景がある」

ユキト達はとうとう大通りへ出た。そこにあったのは――馬車が行き交い、露天商が呼び込みを行い、そして町の人々が笑いながら歩く光景だった。

「新しい物が入荷したよ！　買っていかないかい！」

「ジャレム平原での戦勝を記念して、今日はサービスするよ！」

そんな呼び込みが聞こえる──ちゃっかり戦勝記念で商売をしている人間もいるらしく、商魂逞《たくま》しいとユキトは思った。

「……これが」

そしてユキトは、

「本来の、王都の光景なんだな」

「いえ、こんなものではなかったわ」

「そうなのか？」

「ここには迷宮があった。大通りには多数の冒険者が押しかけ、魔法の道具や武器を売る商人が多数存在していた。その活気は、まだないわね」

セシルの言葉を聞いて、ユキトは改めて大通りを見回す。

最初に町を訪れた時とは比べものにならないくらいの活気が大通りにはあった──ユキト達が召喚された当初、この王都には魔物が入り込み、世界は邪竜に支配される瀬戸際だった。

けれどユキト達がフィスデイル王国を救い、さらに周辺諸国と手を結んで戦い──邪竜の支配領域を取り返した。その結果が目の前の光景である。

「……ただ」

ユキトは町の有り様を眺めながら、尋ねる。

「迷宮による繁栄は……もう、できないんじゃないか？」

「そこについての答えは、まだ出ていないわ」

セシルは迷宮のある方角へ目を向けながら答えた。

「邪竜との戦いが終わり次第、陛下とリュシル様が協議をして……決定する、かしら」

「再度起動させようという考えにはならなそうだけど」

「私も、そう思うわ」

邪竜のような存在が出現する可能性は低いかもしれない。だが、世界の危機が発生してしまった以上、再び迷宮を繁栄に利用するというのは避けたいと考えるのが普通だろう。

「この国が迷宮によって大陸の……いえ、世界の中心になっていたのは事実」

セシルはどこか懐かしむように、ユキト達の知らないフィスデイル王国を語る。

「大陸の人だけではなく、世界中から人が集まっていた。そうしてこの大陸は繁栄していたけれど」

「それはもう、果たせないと」

「戦いに勝ったとしても、この国は難題を抱えたままだけれど……本来、神々の残滓《ざんし》によって繁栄するなんて、虚像だったのかもしれないわ」

セシルはそう述べた後、手をパンと一度鳴らした。

「話はここまでにしましょう」

「わかった。案内頼むよ」

ユキトは笑みを見せ、セシルはそれに頷《うなず》き返し——大通りの中を歩き始めた。

＊　＊　＊

セシルはメイに指示された雑貨屋へと入り、ユキトと雑談に興じながら店内を歩く。イズミから渡された霊具はしっかりと効果を発揮し、誰にも気付かれない。

街の人に話し掛けられることはないため、セシルはずっとユキトの近くで会話ができたのだが、結構神経を使う作業だった。

どんな話をすべきなのか、というのを考えるだけで頭が沸騰しそうだった。興味を引くためにはどうすればいいか。そしてユキトが望むことは何なのか。

色々思案してから、セシルはユキトについて知らないことが多すぎるという結論に達した。事前に来訪者達へ聞き取りを行い、彼らの世界におけるユキトの姿を理解しておけば良かった。だがそんな時間的な余裕はなかったし、ユキトは元々目立たない人間だったそうなので、情報を得るのは困難だっただろう。

そうした状況から、まずセシルは町を見て回り何に興味があるか推し量ることにした。雑貨屋でこの世界にある物を見せつつ、ユキト達の世界のことを尋ねた。そこでふと、セシルは彼らの世界そのものについてもあまり聞いていなかったことに気付く。

「……あなた達の世界は、良い場所なのかしら」

雑貨屋を出て、ふいにセシルはそう呟《つぶや》いた。それにユキトは、

「良い場所、とは？」

「あなた達は戦いと無縁の世界に生きていた……それはつまり、平和ということでしょう？」

「俺達は、戦いと無縁の世界だったたが正解かな。何十億という人がいて、それだけ人がいれば当然意見の対立もあるし、戦争や紛争はあったよ」

「人間はどの世界でも変わらない、というわけね」

「そうみたいだな……でも」

ユキトはセシルへ笑顔を向ける。

「無理だろうけど、是非とも俺達の世界を見せてみたい……って気持ちはあるかな」

「……そう」

セシルは頷くと、胸にとある思いが浮かんだ。

それは決して無茶なものではない。誰にも相談はしていないが、おそらくリュシルはで

きると返すだろう。ただ、自分がそれを実行するとは思えなかった。だから、この話はこれでおしまい、のはずだった。

でも――もし、邪竜との戦いが終わって、ユキト達が元の世界へ帰るとしたら、

「……ユキト」

「うん、どうした？」

セシルは無意識の内に、自分がユキトの名を口にしていたことに気付いた。

「あ、ごめんなさい……」

「どうしたんだ？」

ユキトは不思議そうに首を傾《かし》げる。けれどセシルは答えられなかった――と同時に、近くにいる彼の顔を見て、全身が熱くなった。

「……セシ――」

名を言いかけたユキトに対し、セシルは背を向けた。顔が赤くなっているのはバレているかもしれないが、それでも目を逸《そ》らさないわけにはいかなかった。

「……次のお店に行きましょうか」

そして全てを誤魔化《ごまか》すように告げた。ユキトがどういう表情をしていたのかは見ることができなかったけれど、

「ああ、わかった」

彼はそれだけ言った。セシルは小さく頷《うなず》くと、再び先導する形で歩き始めた。

歩きながら、相当浮かれているのだとセシルは自認する。思考は上手《うま》くまとまらず、メイに繰り返し教えられたプランがなければ今頃立ち往生していたことだろう。

『まあでも、仕方がないよ』

メイはデートプランを立てている時、テンパってしまうだろうという予想をした上でセシルに言った。

『だって好きな人と一緒に出かけるわけだし……人によっては緊張しないかもしれないけど、セシルはそんなタイプじゃないでしょ？』

それは正解だった。デートをするなどという経験がないのもそうだし、そもそも好きな人の隣にいて——冷静さを保つことができていない。

きっと、それらは全部ユキトに悟られてしまっているだろう——そんな確信を持ちながらも、彼は何も言わずついてくる。セシルはもし今日のことを思い返したら、恥ずかしさのあまり転げ回るだろうと想像しつつ、進んでいく。

そんな思いは差し置いて、足は律儀に目的地へ向かっているのは幸いか——と、ここでセシルは町のある一点を見た。それは迷宮のある方角。フィスデイル王国に繁栄をもたらし、最大の悲劇を生み出した場所。

「……なあ、セシル」

ふいに名を呼ばれセシルは振り返る。顔の熱さはどうにか治まっていた。

「そっちのプランに文句を言うつもりはないし、俺としてはすごく楽しいけど……一つだけ予定を変更しても、良いかな？」

「どこか行きたい場所があるの？」

「ああ」

ユキトは返事をしつつ指を差した。その方角はセシルが先ほど見ていたのと同じ。

「迷宮へ行きたいの？」

「より正確に言えばその上」

迷宮上にある公園だ。セシルは「わかった」と同意しつつ、

「今から向かう？　それとも――」

「プランの邪魔にならないタイミングでいいよ」

言われ、セシルは一考する――次に向かう場所も方角的には同じだった。よって、そちらへ足を向けることについては問題ない。

計画そのものはやや早めに消化している状況であり、寄り道しても問題はない。せっかくのユキトの要望でもあるのだし、とセシルは結論をまとめ、

「それじゃあ今からでも？」

「ああ、いいよ」

セシルとユキトは大通りをゆっくりとした足取りで歩き始めた。

＊＊＊

公園は召喚直後に訪れた時とは異なり、緑が生い茂っていた。清掃もされたのか落ち葉などもなく、唯一噴水だけは水が出ていなかったけれど、前のような荒涼とした空間ではなくなっていた。

「ここにはどういう理由で？」

セシルが尋ねると、ユキトは頭をかきつつ、

「いや、単純に……セシルがかなり大変そうだったから、ちょっと休憩するべきじゃないか、と思ってさ」

――その言葉に当のセシルが驚いた。

「私……大変そうだったかしら？」

「隠している風ではあったけどな……でもまあ、頭の中に計画を詰め込んで、それを必死で消化して……みたいな感じだったから」

指摘されて苦笑するセシル。ただこの行動はありがたかったようで、

「少し頭を冷やすわ」

「ああ、それがいい……プランを練って案内してくれるのは感謝するけど、セシル自身にも楽しんでほしいし」

「……私はなんだかんだで楽しいけれどね」

言った後、セシルは空を見上げた。

「思えば、こんな風に誰かと一緒に歩くなんてこと、両親以外になかったし」

「騎士になるため訓練していたから？」

「そうね。霊具を使える者として……それ自体に後悔はないし、国のために戦えることは誇りに思っているわ。でも」

彼女はユキトへ視線を向ける。

「ユキトと並んで歩いて……こういうことをするのが楽しいことだって今日、初めて知った。同僚の女性と遊ぶくらいのことはやっても良かったかな、と思った」

「……なんというか、セシルはすごいよな。国のために霊具使いとして騎士になって戦い続けたわけだし」

「それ以外のことを知らなかっただけよ……ユキト」

セシルはユキトの目を見る。

「本当は、最後の最後に言うつもりだったんだけど……ユキト、ありがとう」

「お礼を言われるようなことは何もしていないよ」

「たくさんあるわよ。この世界のために戦ってくれること。そして私と並んで歩いてくれること……好きだ、って言われて私はすごく嬉《うれ》しかった。あなたは異世界から召喚された存在である以上、本来なら決して交わることはなかったはずなのに」

「……こんなことを言うのはどうなのか、正直微妙なところだけど」

ユキトは一瞬口ごもった。しかしセシルは後押しするように、

「話して」

「……俺はこの世界へ来て、元の世界では手に入らなかったものを手に入れた。大きな力、クラスメイト達からの信頼、そして名声……この世界に召喚されたことで、望んでいたものを、手に入れた」

召喚された経緯と悲劇的なこの世界の情勢を踏まえれば、全てを肯定的に考えるのは抵抗もあるが――

「喜んでいるのとは少し違うけど……今の状況に満足する自分もいる」

「経緯については色々思うところはあるけれど、ユキトの気持ちは理解できるし、それは受け入れても良いと思う」

セシルはそう言うと、ユキトに近づき彼の真正面に立った。

「理不尽な形で召喚され、それでも戦い続け、ここまで情勢を盛り返したんだもの。ユキトが望むだけの名声を手に入れるのは当然でしょう?」

「そう……かな」

「そこはもう、悩む必要はないと思うわ。仲間達もきっと、同じ事を言うはずよ」

微笑を示すセシル。しかし、何かを問い掛けたそうな雰囲気が見え隠れした。

ユキトはその意図をすぐに察する。彼女の疑問は一つ。すなわち、ユキトが元の世界へ帰るのか、この世界に留《とど》まるのか。

「……セシル。俺は――」

「答えはまだ、言わなくてもいい」

セシルは、ユキトへそう告げた。

「ユキトの選択を、私は尊重する」

「セシル……」

「今、ユキトがどんな風に考えているのかはわからないけれど……もし帰るつもりなら、告白なんてするなと人によっては言うかもしれない。でも、別れがあるから想いを告げてはならないなんてルールはないもの。どんな結末を迎えたとしても、私は……ユキトと今、一緒になれてよかったと思ってる」

「……そっか」

自然とユキトの口の端が上がった。それに合わせるようにセシルも笑う。

「本音を言えば残ってほしいと、今の私はそう思う。でも、最終的に決断するのはユキトだから。仲間と共に帰りたいという気持ちだってあるでしょう？」

「……そう、だな」

「カイのことは、どうするの？　以前ユキトは考えていることがあると言ったけれど」

「鍛練をする間に、改めて結論を出した。ただそれを成すためには当然、カイを倒す必要がある」

「勝つことが前提だと」

「厳しい戦いになるのは間違いない。カイは俺の思惑……止めようとするけれど殺しはしないという考えを、読み取っているだろうし——」

ユキトはそうこぼしながらも、自分の決意が固まったままだと自覚する。

「それでも、俺は自分の望み通りに動く。ディルやリュシルさんも同意してくれているし」

「ユキトが決断したことだから、誰も否定はしないわ」

セシルはなおも笑顔を見せながら明るく言った。

「ただ、もし思い詰めるようであったら相談して。私は、パートナーだから」

「ありがとう、セシル……」

名を呼んだ直後、彼女と目が合った。それと共にユキトは自覚する——彼女を失いたくないと。

同時に、セシルが背中を守ってくれるからこそ、奮い立てるという感覚も抱く。この世界において大切な人ができた。だからこそ、ユキトは今まで以上に世界を救いたいと願い、剣を握っている。

（……俺は――）

戦いを勝利で終えることができた時、どのような選択をするのか。自分の将来がおぼろげに見え始めてきたその時。

ゴゴゴ――地鳴りのような音がユキトの耳に入ってきた。それが何なのかわからずユキトは首を傾《かし》げ、

「地震、じゃないよな……？」

「――嘘《うそ》」

対してセシルは、全てを理解したように小さく呟《つぶや》いた。

「そんな、こと……あり得ないはず……」

「セシル？　どうしたんだ？　この音は――」

直後、脇目も振らず彼女は走り始めた。ユキトは状況がわからずとも、セシルの顔つきからただ事ではないと悟り、後を追う。

ユキト達は迷宮の入口がある広場へと辿《たど》り着く。そこでユキトは、人々が恐れおののいている姿を目撃する。皆が一様にある方向へ視線をやり、中には悲鳴を上げ、逃げる人さ

えいた。

一体何が――ユキトの視線が迷宮を捉えた時、予想外の状況が見えた。

「な……」

小さく呻《うめ》く。見えたのは、本来ならばあり得ないはずの光景。

人の手によって封鎖されていたはずの迷宮の扉が、開き始めていた。

＊＊＊

「……なるほど、そういうことか」

とある森の中、カイは邪竜に指定されたその場所で、漆黒《しっこく》の塊である邪竜の分身と会話をしていた。

「外部で活動していた信奉者……その力を利用し、内側から迷宮の扉を開けることができるようになったと」

『そうだ。人間共からすれば、驚天動地《きょうてんどうち》の出来事だろう。それによってフィスデイル王国の連中は対応に迫られる』

「加え、僕も動く……共同作戦で戦力を分散させ、叩《たた》き潰《つぶ》すのか」

『そうだ。今頃、フィスデイル王国以外の騎士や戦士達も動き出しているところだろう。

そう遠くないうちにフィスデイルへ結集する……その前に手を打ち、向こうの態勢が整う前に決着をつける』

「これが、最後の攻撃というわけかい？」

『いかにも』

その時、カイと対峙《たいじ》する漆黒が一瞬揺らめいた。

『こちらが大々的に動く方が、そちらとしては都合が良いだろう？』

「……何の話だい？」

『とぼけなくともいい。何者かはわからないが、お前と共に動いている存在がいるのは把握している』

（……ザインであるとは、わからないのか）

気配は探っているが、カイのことを注視し続けてはいない。結果、カイと手を組んでいるのがザインであると気付いていない。

（ならば、狙いがわかっていてもいけるな）

「……その辺りのことについてはノーコメントにしておくよ」

『そうか。互いに思惑があるようだが……全ての戦いが終わった後、ゆっくりと最後の決戦を始めるとしよう』

「もう勝ったような口ぶりだけど、注意はしてくれよ」

カイの言葉に邪竜は何も答えないまま、漆黒《しっこく》が消えた。

「やれやれ……計略成功を信じて疑わない口ぶりだったね」

作戦自体は完璧のはず——と、邪竜は自信を持っている様子だ。

「それに、ユキトの霊具とリュシルさんの力……もし僕が姿を現せば、確実に向かってくるだろう。面倒な相手を押しつけ、邪竜側はゆったりと事を進める……か。ただ果たして上手《うま》くいくかどうか」

カイはジャレム平原での戦いを思い出す。油断していたわけではなかったが、ユキト達の底力の前に敗れた。

「邪竜は人間という存在をどう考えているのか……ま、いい。僕は僕の作戦を遂行することにしよう」

もう失敗は許されない——願いを叶《かな》えるため、カイは静かに宣言する。

「始めようか、全てを支配するための戦いを」

笑みを浮かべることも、まして狂気に捕らわれることすらもなく——カイは淡々と、自身の望みを胸に行動を開始した。

第二十二章　決戦の時

フィスデイル王国の王都は混乱に包まれた。厳重に封鎖されているはずの迷宮が開き始め、あまつさえ魔物の気配が感じられるようになった。いつ出てきてもおかしくない。そうした光景を目前で見た時、ユキトはこういう展開を予想できなかった自分を悔いた。扉は開くことがないと、決めつけて考えてしまっていた。

ユキトはベルファ王国から帰還した後、鍛錬の合間に迷宮のことも調べた。迷宮が内側から開かないようになっているのは、霊脈などを利用し魔物が近寄ることができない強固な結界を構築しているためであり、人類は最大の防備を尽くし、迷宮を閉じている――はずだった。

強固な扉を打破する手段。それは今更ながら思い至った。

「信奉者だ……」

ユキトは鋭い視線で迷宮の入口を見据えながら、そうセシルに告げた。

「グレンが邪竜とやりとりをしていたのだから、迷宮内に行き来はできる。つまり信奉者がこじ開けられる方法を開発すれば――」

「迷宮を開ける手段さえ構築すれば、多数の見張りがいる外側ではなく敵がいない内側から開けられる、と」

セシルは厳しい目で迷宮を見据えながら応じた。

「ただ、まだ魔物の姿はないわね。元々迷宮の入口は人間の手によって構築された結界が張られているから、入口付近に魔物はいないのだけれど……下層から魔物が来るのも時間の問題でしょう」

「結界は入口付近にだけあるのか？」

「入口から下――第一層からは迷宮が起動している場合、天神や魔神の魔力が入り乱れているため、大地の力を借り受けての結界は構築できないの。迷宮攻略は、第一層から順に魔物を駆逐《くちく》し、神々の魔力を束ねて制御し結界を作成して安全圏を確保するというやり方で、少しずつ進んでいく」

「けれどその結界を破壊し扉をこじ開ける輩《やから》がいる……それが信奉者。奴らは霊具などを奪取して、研究開発をしていた。その目的の一つが、迷宮に張られている結界を打破することだった」

「そうなのでしょう。結界は霊具の力などを参考にして編み上げられた術式。ならば霊具を研究すれば結界を突破し扉を……」

語る間にも状況は変化していく。迷宮入口に常駐する騎士達が声を張り上げ、住民達の避難誘導を行う。そして魔物の出現に備えて、入口付近には騎士達が集まり始めた。

セシルは即座に迷宮の横手にある騎士の詰め所へ向かう。そこは迷宮入口の結界などを制御する場所だ。

「状況は？」

セシルは詰め所に入ると隊長クラスの男性騎士へ声を掛けた。突然の来訪に騎士は驚きつつ、

「扉付近の術式が突如壊れ、内側からの干渉で扉が開きました。加えて第一層へ繋《つな》がる通路の結界も壊れ、魔物が出てくるものと思われます。現在は結界そのものを再構築していますが、時間が掛かる」

「結界を再構築したら、扉を閉じることはできるの？」

「そこは検証しなければわかりません。確実に言えるのは、現状結界が壊れている以上、扉を動かす制御もできないということ。まずは早急に術式を復旧させ、動くかどうか……それを試さなければ」

「セシル」

ユキトは騎士の説明を受け、声を掛けた。

「城に異変が伝わっているかわからない。すぐに転移魔法で戻って連絡を。結界の修繕……それができる人員と、戦える人材を集めてくれ」

「ユキトは？」

「このまま迷宮の入口で警戒するよ」

「でもディルは——」

「そこは問題ない。とにかくセシル……頼む」

騎士の装備を持たない今のセシルでは何もできない——それを認識した彼女は頷《うなず》き、詰め所を駆け足で出て行った。

残されたユキトは隊長へ向け「お願いします」と告げ、外へ出た。住民達は既に迷宮前の広場を離れ、周囲には状況を聞いて駆けつけた騎士達が集う。

そうした中でユキトは一度王宮のある方角へ目を向けた。距離があるため小さくはあったが、目線を維持したまま右手に魔力を集める。

「来い——ディル！」

言葉の直後だった。何かが吸い寄せられる感覚と共に、ユキトの右手に魔力が集まり——一瞬で漆黒《しっこく》の剣が顕現《けんげん》した。

『——お？』

そして剣から声がする。

『あれ、ユキト？　どうしたの？　デートじゃないの？』

「それどころじゃなくなった、というのが理由だな」

同時、ユキトの格好が黒衣へと変化する。それを見た周囲の騎士達は声を上げた。黒の勇者——その異名を口にする者もいた。

「突然迷宮の扉が開いた」

『……お、本当だ』

「セシルは連絡をしに城へ戻った。こちらでは扉を閉じるために騎士が動いている」

『その間に出てくるかもしれない魔物を抑え込む、ってことか。こんな形でデート中断されてムカつかない？』

「相当ムカついているよ……でもそれ以上に、覚悟が生まれた」

『覚悟？』

「邪竜やカイが動き出した……戦い抜く覚悟だ。ここからはもう止まらない……最終決戦まで、戦い続ける必要がある」

直後、魔物の雄叫《おたけ》びが迷宮の奥から聞こえてきた。

「行くぞディル。まずは目の前の状況を解決しないと」

『了解……その怒りは全部魔物へ向けて発散させないとね！』

ディルの言葉に応じるように、ユキトは迷宮の入口へと走り出した。

重厚かつ巨大な扉の隙間《すきま》から見える迷宮の入口は、無骨な岩でできた天然の洞窟といった様相だった。

この迷宮は元々、魔神の本拠地であったために下の階層はまるで城塞《じょうさい》のような入り組んだ構造となっている。けれど入口は、単なる洞窟を偽装するためかほとんど手が加わっていない——と推測されている。

騎士達に囲まれた中でユキトは迷宮の入口を見据える。そこは広々とした空間、かつ入口手前からでも下層へ繋《つな》がる道が見えた。迷宮の調査資料によれば、螺旋《らせん》を描くように道は続き、第一層から下は凶悪な魔物と複雑な通路が待ち受けているらしい。

もし『魔紅玉』が誰かの願いを叶《かな》え、再び迷宮を起動させたとしても迷宮の構造そのものは変わらない。現在では迷宮の構造は余すところなく調べられ、迷宮の地図なんてものは格安で販売されている。

しかし、だからといって迷宮攻略は一筋縄ではいかない。構造がわかっても『魔紅玉』によって生まれた迷宮の主《あるじ》は様々な障害を用意する。同じ通路であっても罠《わな》が異なり、冒険者達を苦しめる。

現在の主は邪竜であり、迷宮を攻略する場合どれほどの困難が待ち受けているのか。

(この侵攻を抑え込み、カイとの戦いに勝ち……そこからようやく、邪竜との決戦が始まる)

胸中で呟《つぶや》いた時だった。迷宮の奥から、強い魔力を感じ取る。

「来るぞ！」

ユキトが叫ぶと周囲にいた騎士達が臨戦態勢に入った。なおかつ後方に控える魔術師達も揃《そろ》って魔法を放つ準備をする。

直後、ユキトの視界にとうとう魔物の姿が映った——その見た目は、人型の黒い騎士。全身が甲冑《かっちゅう》で覆われており、剣や槍《やり》を携えて突撃してくる。

ユキトは瞬時に悟る。漂う気配は明らかに普通の魔物ではない。

「あれは……悪魔だ！　悪魔が姿を変え、騎士の形をとっている！」

叫んだ矢先、魔術師達の魔法が一斉に放たれた。数十もの光の束が迷宮の入口へ向かって収束し、轟音《ごうおん》と閃光《せんこう》が生じた。

魔法によって粉塵《ふんじん》が舞い上がり、迷宮の入口周辺が見えなくなる。しかし、やがて足音が聞こえてきた。甲冑が奏でる独特の金属音。それがまるで列を成すかのように複数、耳に入る。

粉塵の奥、迷宮の入口からとうとう鎧《よろい》をまとった悪魔が姿を現した。それに応じるかのように人間側の騎士が号令を掛け——突撃を始めた。

先陣を切ったのはユキト。迷いなく迫ろうとする悪魔へ肉薄し、斬撃を放った。迎え撃つ悪魔は右手に握る武器、長剣をかざす。

ギイン、と一際甲高《かんだか》い音を立てて剣同士が激突。直後、ユキトはその剣が悪魔の魔力によって形作られたものであるのを察した。

刹那、ユキトは腕に力を入れる。次いで勢いよく振り抜くと、騎士の剣は易々《やすやす》と両断され、漆黒《しっこく》の鎧《よろい》を一閃《いっせん》する。

結末は一瞬だった。ユキトの剣は悪魔の体を通過するどころか両断し、悪魔の上半身が分離、地面へ落ちた。分断された体は塵《ちり》へと変じ始め——悪魔は消える。

(俺は倒せる……が)

騎士達もまた交戦する。悪魔の初撃を受けた人間は例外なく苦悶《くもん》の表情を見せ、弾《はじ》き飛ばされていた。

「複数で対処しろ！　絶対に孤立して戦うな！」

指揮する騎士が声を張り上げる。その間にも多数の魔法が飛び交い悪魔へ着弾。動きは鈍《にぶ》るが構わず町へと突き進もうとする。

騎士の中には霊具を所持する者もいる。だが急造で集められた騎士では特級以上の霊具を持つ者は皆無らしく、悪魔の力に対抗できていない。

そして、下層へ繋《つな》がる通路からはさらなる悪魔が出現する。最初の魔法による土埃《つちぼこり》が晴れ、同じ形の悪魔が現れるのを視界に捉えた。

ユキトは即座に周囲にいた悪魔と交戦し、十分な魔力を込め剣戟《けんげき》を叩《たた》き込む。周囲の騎士と比べその力は圧倒的だった。悪魔は武器で防御をするが瞬《またた》く間にユキトの剣が武器ごとその体を真っ二つにする。

霊具の成長まで果たしたディルと、研鑽《けんさん》を積んだユキトだからこそできる所業――とはいえ、際限なく悪魔は出現し続けており、ユキト一人では戦線の維持には限界があった。

「ディル！　強化の技法を使う！　出力最大で迎え撃つ！」

『了解！』

ここでユキトはとにかく悪魔の侵攻を食い止めなければならないと判断し、無理にでも力を引き上げて敵を倒すことを決断。即座にディルが応じ魔力が急速に高まっていく。

それと共にユキトは足を動かした――まるで瞬間移動したかのように騎士と交戦する悪魔の背後に回ると、その首を刎《は》ねた。次の瞬間、悪魔の体躯《たいく》は力をなくして倒れ伏す。

体でなくとも頭さえ斬れば対処できる――ユキトはすぐさま近くにいた悪魔に接近し、両断。騎士の目には凄《すさ》まじい速度で悪魔を倒していく姿が映ったことだろう。この場にいた騎士達からは歓声が上がり、ユキトはそれに応えるように悪魔を屠《ほふ》っていく。

士気が上がり、騎士達は連携によってユキトが打ち漏《も》らした悪魔を食い止める。とはいえ、なおも断続的に悪魔は出現し続ける。無限ではないはずだが、状況を覆《くつがえ》すにはさらなる戦力が必要であり、加えて迷宮の入口を閉じなければ事態は解決しない。

そしてユキト自身、現状のままだと長くはもたないと確信する。

「っ……」

周囲から悪魔が減り騎士達がしっかりと組み合ったため、ユキトは強化を中断した。呼吸が荒くなっており、わずかながら疲労が肩にのしかかっていることを自覚する。

繰り出した技法は、カイや邪竜との戦いに備え考案されたもの。相手がいかなる速度で攻撃してきても対応できるように鍛練した結果ではあるのだが、本来は『神降ろし』を発動させた場合に使うものだ。

それを単独で使用する――天神との融合という膨大な魔力を得る手段がある前提で考案された技法であるため、長くは続かない。けれど、修練によって、ユキトも身の内に抱えられる魔力量は増えている。それがなければ、わずかな疲労では済まなかった。

ユキトは周囲を見回す。騎士達は悪魔を迎え撃ってどうにか押し留《とど》めていた。とはいえ戦場の各所で濃淡がある。悪魔の得物は剣や槍《やり》、斧《おの》などバラバラで、なおかつ動き方も個々で違うようで、画一的な対応が困難である。

そして悪魔の動きは人間そのものであり、ユキトは直感した。

「人間達と戦い続けた結果、それらを記憶し悪魔に技術を付与したのか……!?」

『そうとしか思えないね』

ディルが同調するように声を上げる。

『翼がないのは迷宮内で邪魔だからかな？　これで飛ばれたら厄介《やっかい》だったけど』

「そういう個体が出てこないとも限らない。入口付近で警戒したいが……」

戦況は一進一退。騎士達は目前の悪魔に注力するのが限界で、迷宮の入口まで見張る余裕はなさそうだった。

この間にも悪魔が迷宮の奥から押し寄せてくる。出てくる数そのものは激増しているわけではないが、撃破ペースも増していないため、悪魔の総数は減っていない。

戦況を見てユキトは決断する。

「ディル、さっきのをもう一度やる」

『負担は大きいけど……無理はしないと厳しいか』

「今後のことを考えると体を酷使するのは避けたいが、悪魔をこれ以上進ませるわけにはいかない」

ユキトが答えると、ディルから魔力が発露。一気に全身が強化された。即座に手近にいた悪魔を瞬殺すると、悪魔に押されそうになっている場所から援護に回り、悪魔を撃滅していく。

まさしく孤軍奮闘の状況であり、ユキトはこれが長く続くのは難しいと悟りながらも体を動かし敵を倒し続ける。

（あと最低でも数分……くらいか？　とはいえ、今は一分すらも長く感じるな……！）

ユキトが心の内で呟《つぶや》いた時、さらなる悪魔が迷宮奥から姿を現し、突撃を開始した。他の悪魔と比べても一回り大きく、武器として持つのは大剣。横薙《よこな》ぎ一つで複数の騎士が吹っ飛ばされそうな、剛力を持つ悪魔であることは明白だった。

「あれを倒す！」

宣言と共にユキトは駆ける。すると悪魔も呼応するように動き――双方の剣が交差した。

大剣と漆黒《しっこく》の剣が激突し、魔力が弾《はじ》ける。他の個体のように剣ごと両断、というのは叶《かな》わず、一度剣を受け流し後退する。

そこへ悪魔が追撃を仕掛けた。縦に振り下ろされた剣戟《けんげき》は、一瞬の内にユキトの眼前へと迫ったが――体を横へ逃がし回避する。

ユキトはそこで再び大剣へ斬撃を叩《たた》き込んだ。それによって今度こそ刃を根元から両断。悪魔はすぐに剣の柄《つか》部分に魔力を収束。どうやら再構成しようと試みたようだが――それよりも早く、ユキトの剣が悪魔の首を捉えることに成功した。

わずかな抵抗と共に悪魔の首が飛んだ。体格の大きさ故に魔力も多いが、ユキトならば一気に決着をつけることができる。けれど、周囲の騎士達はどうなのか。

後続から同じ体格の悪魔が出現し始める。その数が増えれば拮抗《きっこう》している形勢が大きく傾いてしまう――確信したユキトは、どうにか状況を打開するべくさらに魔力を発しようとした。

その時、

「――はああああっ！」

聞き覚えのある声が聞こえた。それが仲間の一人であるヒメカのものだと気付いた時、既に彼女はユキトの前に出て悪魔に蹴りを決めていた。

大きな体が吹き飛んで、後続にいた悪魔を巻き込んでいく。それで大きく敵の動きが乱れ、時間を稼ぐことができた。

「大丈夫か？」

後方からの声に振り向く。援護に来たオウキやアユミの姿があった。

「あれは……魔物じゃなくて悪魔の類《たぐ》い？」

「そうだ。翼を生やしていない、完全武装の悪魔だな」

「ヤバそうな敵だ」

続いて発言したのは後方にいたシュウゴ。彼は槍《やり》を携え、魔力を高め臨戦態勢に入った。

「ツカサが詰め所に向かってリュシルさんと一緒に結界の再構築を始めたよ。迷宮の扉を急いで閉めるわけだが、外に出た悪魔は殲滅《せんめつ》させないといけない」

「そうだな……一気に片付けるぞ！」

ユキトの号令の下、仲間達が動き出す。同時、霊具が一斉に力を発揮し、迫る悪魔を迎え撃った。

先ほど戦った体格の大きい個体――それ以外、標準の悪魔については、仲間達でも一撃で対処することができるようだった。オウキの剣が、シュウゴの槍が、鎧《よろい》ごと悪魔の体躯《たいく》を両断し、刺し貫く。それはアユミも同じであり、彼女が放った矢はしっかりと悪魔の脳天を射抜き、消滅させることに成功した。

仲間が来たことで、戦況は一変する。騎士達は立て直して悪魔達を押し返し、ユキト達は騎士とせめぎ合う悪魔に狙いを定めることで一気に数を減らしていく。

目に見えて周囲の悪魔の数が減っていく中、それでも敵は迷宮奥から続々とやって来るが──ここで、迷宮の扉が動き始めた。重厚な音を響かせ、入口が閉まっていく。

「あと少しだ！」

ユキトは叫びながら近くにいた悪魔を倒す──と、先ほどと同様に体格の大きい悪魔が接近してきた。

それに対しアユミが先手を打つべく矢を放つ。しかし、それは直撃することなく悪魔が持つ大剣の薙《な》ぎ払いによって消し飛ばされた。

「一筋縄ではいかないようね」

警戒を込めアユミが呟《つぶや》く間にシュウゴの槍《やり》が放たれた。槍は悪魔の脳天に突き刺さったが、それでも倒れない。

「確実に首を切断しないと倒せないみたいだな」

シュウゴは断定すると方針を転換。敵が反撃するより先に槍を用いて悪魔へ一閃《いっせん》すると、首から上が両断されて消滅した。

強敵ではあるが、ユキト達は問題なく対処できている――やがて迷宮の扉が完全に閉まり、迷宮から出ようとする悪魔を遮断。外の敵も殲滅《せんめつ》した。

「怪我人《けがにん》の確認を！」

騎士の誰かが号令を掛けた。直後、負傷した騎士の介抱が始まった。加え、他にも介抱する仲間の姿があった。メイが治療に当たっている姿があった。加え、他にも介抱する仲間の姿が散見され、事態は速やかに沈静化していく。

「……予想外の事件が起きたな」

そう言ってユキトに近づいてきたのはツカサ。彼は迷宮の扉へ目を向けながら、続けた。

「今まで行動を起こさなかったのは、迷宮の扉を開ける準備をしていたため、という可能性も浮上したな」

「これで敵は邪竜を外へ出せるようになった」

ユキトが述べるとツカサや周囲にいた仲間達は渋い表情を示した。

「ツカサ、ひとまず作戦会議を開かないと……今後の対応をどうするべきか」

「そこについてなんだが、もう一つ問題がある」

「……もう一つ？」

「ユキトが町へ出ている間に、マガルタ王国から通信魔法による連絡が来た」

「何があったんだ？」

問い返したユキトに対し、ツカサは重々しく口を開き、

「──カイが姿を現した」

迷宮周辺を監視する騎士が増えたのを確認した後、ユキト達は城に戻った。会議室へと通されると、その場には着替えを済ませ騎士服姿となったセシルもいた。

他には騎士エルトにリュシルの姿もある。来訪者の中からはユキトとツカサの二人に加えメイの姿も。彼女は最初、怪我人《けがにん》の治療もあり現場から離れるのを躊躇《ちゅうちょ》したのだが、騎士からの進言でここへ来たのだった。

「──さて、状況の説明をします」

声を発したのはエルト。全員、地図が広げられたテーブルを囲むように立ったまま会議が始まる。

「迷宮については入口周辺を固めつつも、敵が外から来ても対処できるような態勢へと変えました。そして迷宮の扉が開いた原因も調査を進めますが……」

エルトは一度言葉を切る。

「敵は何かしらの方法で扉を開ける術《すべ》を持ったのは間違いない。調査はしますが、対策を立てる前に敵は次の行動に移すでしょう」

「再び扉は開く、という前提で行動すべきか」

ユキトがそう言うと、エルトは深々と頷《うなず》いた。

「はい。本来ならば迷宮を重点的に警戒し、来訪者の皆様には王都周辺で待機してもらうべきですが、カイ様が姿を現した。当然これは――」

「――戦力の分断ね」

リュシルが発言し、ユキト達は彼女へ視線を集中させる。

「邪竜が迷宮の扉を開いたことと、カイが出現したことは偶然ではなく作戦……私達に選択を突きつけているのよ。どちらを優先するのか、とね」

リュシルの言葉を受け、ユキトは一考する。

「……迷宮が次に開け放たれた時、現れるのは何だと思う？　今回みたいにまた悪魔だけが登場するとは考えにくいけど」

「普通に考えれば信奉者だけれど、ザインやグレンのように魔神の力を宿している可能性はある」

ユキト達は沈黙し、リュシルは空気が重くなった中で続ける。

「今回の件で、迷宮の扉はいつでも開けられると警告し、その上でこちらの戦力を分散させようとしているのでしょう」

「俺達はどうすれば？」

問い返したユキトだが、明確な答えはないとユキト自身わかっていた。カイと戦う道を選べば町に甚大《じんだい》な被害が出る可能性が高い。一方で迷宮に意識を傾けた場合――

「敵は、こちらの動きを読んでいるでしょう」

リュシルはさらに考察を進める。

「私達がカイへ攻撃を仕掛けず迷宮の警戒に当たった場合、カイの暴走を許してしまう。その一方で邪竜は動かないなんて可能性が考えられる」

「邪竜側に主導権があるってことか」

「よって、私達としては可能な限り戦力を集め両方同時に攻撃するしかない」

――その言葉で、ユキトはリュシルが何を言い出すのか推察できた。

「既に各国は状況を把握し、動き出している。カイがいる場所はジャレム平原からそう離れていない場所で、マガルタ王国内。よってカイを打倒するためにマガルタと手を組むことになる。加え」

リュシルはテーブルの上にある地図へと目を落とす。

「位置的にローデシア王国も動くみたい。総大将はそれぞれ前回の戦いで指揮をしていたラオドとレヴィン王子……一方でフィスデイル王国には、ベルファ王国とシャディ王国が援護に入る」

「つまり、王女二人が」

「ええ」

リュシルが頷《うなず》く。ユキトはまさしく総力戦だと胸中で呟《つぶや》いた。

「もちろん、他所で魔物が出現する可能性も考えなければいけないけれど」

リュシルはここでエルトへ視線をやった。

「他の場所についての調査は？」

「各国と綿密に連絡をとり、確認を行っています。現在のところ魔物が軍勢と化す規模になっている場所はありません。もちろん、大陸全土を調べたわけではありませんが……」

「ならば、迷宮とカイ……二ヶ所へ戦力を集中させても問題はなさそうね」

「はい」

エルトの言葉を受け、リュシルは頷くと結論を述べた。

「今回は二正面作戦ね。迷宮から町を守る側と、カイへ挑む側……どちらに戦力を割くかは私達の判断になるけれど……ユキト」

「ああ」

「鍛練を通じてあなたがどうしたいのかは聞いた。邪竜との戦いを考慮すれば、あなたの選択肢が最も勝てる確率が高いと私は考えている」

「……ただしそれは、カイとの戦いにおいて――」

「そうね。彼との戦いは極めて過酷になる」

彼女の言葉を聞き、仲間やセシルの表情は厳しいものに。

「けれど、私は邪竜に勝つためにはそれしかないと思うわ……私とユキト、そして援護として来訪者の半数はカイとの決戦に臨みましょう」

「残る半数が王都の防衛、ってことか」

ユキトは応じながら思考する――カイへ挑むのは間違いなくユキト。修行をしたことにより成長した今ならば、自身とディルとリュシルだけで戦えるはず。

だが、カイが率いる魔物や悪魔だっている。横から妨害に遭えばそれだけで勝利は絶望的なものとなる。よって、援護してくれる仲間が必要だった。しかし、邪竜が出てくるかもしれない王都の防衛が来訪者半分で対応できるのか。

「ユキトが不安に思うのは理解できる」

と、頭の中を読むようにリュシルは言う。

「けれどカイと戦うには相応の戦力が必要なのはわかるでしょう？」

「……ああ。そうだな」

「来訪者の振り分けについては、ユキト達に任せていい？」

「相談して決めるよ」

「お願いするわ……それとツカサ」

ここでリュシルはツカサへ話の矛先《ほこさき》を向ける。

「会議の前に迷宮内を調査魔法で確認したそうだけど、結果は？」

「扉が閉じて以降、取り立てて観測できたものはない。邪竜の気配も、最奥にあるままだ」

「その調査魔法、あなたが王都を離れても使えるかしら？」

「……イズミと協力して、他者が扱えるようにしておく。邪竜の動きを常に観測し、備えておく……というわけだな？」

「そうよ。頼むわね」

「──一つ、提案というかお願いがあります」

と、ここでエルトが割って入るようにユキトへ向け発言した。

「カイ様との戦いは、フィスデイル王国の騎士団も動員します……ただしそちらに戦力を集中させれば、当然迷宮の防衛に不安を残します」

「当然だな」

「相手がカイ様である以上、来訪者の方々も相応の戦力を出すのは当然です。となれば防衛のためには多少なりとも工夫が必要です」

「というと？」

「具体的に言えば、騎士側と来訪者側とで今まで以上に連携が必要になる。ちゃんと意思疎通ができる人員がいなければ、防衛は成り立たないでしょう」

──その言葉を聞いてユキトはなるほどと胸中で呟《つぶや》く。

「ユキト様としては不安要素になり得ますが……来訪者との折衝役として貢献してきた騎

士セシルを迷宮防衛に回してほしい」

「……どうするの？」

メイが不安げに問い掛ける。ユキトとセシルはパートナーとして、次の決戦に臨むと考えていた。ジャレム平原の戦い以降、ユキトは『神降ろし』の技術の習熟を優先したため、連携で動くといった訓練はやっていないが、共に戦ってきたという信頼もあり、セシルが背中を任せられる人物であるのは間違いない。

ユキトはセシルへ目を移す。当の彼女はじっと見返すだけ。

（……きっと、一緒に戦いたいと思っているはず。でも、セシル自身重要な立場になっていると認識している）

「……わかった」

ユキトがそう返答するとセシルもまた頷《うなず》いた。一方でエルトは申し訳なさそうな顔をした後、

「ありがとうございます。すぐに騎士団から派遣する者を選定します」

「ここからは時間との勝負になる」

まとめる形でエルトに続きリュシルが発言した。

「速やかに準備を整え、動き始めましょう。ユキト、今回の戦いは負ければ、人類が滅びる未来が待っているでしょう。それだけは肝に銘じておいて——」

会議の後、ユキトはメイやツカサと相談して出陣するメンバーの選定に入った。誰がカイと戦うのか、そして迷宮を防衛するのか。その議論は白熱したが、夕刻前には全ての選定が完了し、出陣は明日と決まった。

あまりに性急だが、敵はとうとう動き出した。いつ何時《なんどき》事態が悪化してもおかしくない以上、やるしかない——ユキトは選定後、一度仲間を全員訓練場へ集め、それぞれに役割を言い渡した。

「ここからは、ただの一度も負けられない」

ユキトの言葉に、仲間達は思い思いの表情をする。不安を抱く者、厳しい表情を示す者、またある仲間は死すら覚悟し烈気をみなぎらせている。

「次に迷宮が開いた時、敵がどう動くのか……邪竜はまだ迷宮最奥にいるが、魔神の力を宿した信奉者が出てきてもおかしくない。そして負ければ王都が崩壊するし、カイとの戦いでも敗北は許されない……俺達にできることは全力を尽くすことだけだ。必ず、勝とう」

犠牲なくして勝利しよう、とユキトは言わなかった——否《いな》、言えなかった。カイが裏切り、迷宮の扉が開くとあっては、誰もが厳しい戦いを予想できる。だからこそ、仲間達も決死の覚悟とその気配を漂わせている。

「……オウキ」

少し間を置いて、ユキトはオウキの名を呼んだ。

「王都を守る側の仲間達のリーダーを任せる。セシルを始めとした騎士達と連携し、対応してくれ」

「わかった……でもユキト、メイは守護側でいいの？　後方支援役として必要になりそうだけど」

「メイの歌による強化は、むしろ王都の防衛側に回ってほしいんだ。迷宮奥から出てくる敵は、どれだけの数なのかもわからない……大量の悪魔が現れたのであれば、残るメンバーだけでは対処できない可能性がある」

その言葉にオウキは納得したように頷《うなず》く。

「そうだね……敵の数がわからない。どんな状況になるかわからないこそ――」

「メイの能力は、騎士達を強くして戦線を維持できる。ジャレム平原での戦いでは遺憾《いかん》なく発揮されたし、メイの力がなければ勝利できなかった。俺がカイに勝ったとしても、王都が邪竜に侵攻されれば終わりだ。だからこそメイには、王都を守ってほしい」

「任せて」

メイは自信を覗《のぞ》かせるように笑いながら言った。

「むしろ迷宮の敵を追い返してみせるくらい頑張るから」

「……ありがとう、メイ。でも無茶は――」

「ここで無茶しなかったらいつ無茶するの」

「それも、そうだな」

仲間達から笑いが漏《も》れる。ユキトはメイと視線を交わし、

「戦闘に入ればオウキはそちらに集中することになる。メイ、セシルとの連携もお願いするよ」

「そこも大丈夫。セシルを含め、皆を守ってみせるから」

「……頼む」

ユキト達は解散し、それぞれが思い思いに準備を始める。時刻は既に夕刻。ユキトは自室へ戻ろうとしたが、一つ思い立って別方向へ歩き始めた。

廊下を進み、向かったのは広間。そこはカイと共に幾度も訪れた場所。歩を進めバルコニーへ出ると、既に人がいた。

「……ユキトか」

王であるジーク。柔らかく暖かい春風が、ユキト達の体を撫《な》でた。

「迷宮は夜通し警戒するそうだ。何かあればすぐさま連絡が来る手はずだ」

「……王城内の様子は？」

「特段変化はない。ついに来たか、ということで重臣達《じゅうしんたち》も覚悟はしていたらしく、全員が決戦に向け準備を進めている」

ジーク王は視線を迷宮へ向けたまま、語り続ける。

「逃げ出す者は皆無だろう。王都が陥落するということは、騎士も来訪者も全滅したということだ。どこへ逃げたとしても、無意味だ」

「ベルファ王国やシャディ王国から援軍が来るらしいけど」

「ああ、可能な限り早くこちらへ向かうとのことだが、ここへ到着するまでには少し時間が掛かる。いずれ王都で起こる戦いに間に合うかどうかはわからない」

そう語ると王は、ユキトへ首を向けた。

「カイがいる場所へは、ジャレム平原に構築した転移魔法が使える。ユキト達はそれを使って平原まで移動し、そこからカイがいる場所まで進軍することになる。時間としては、出発してから数日で戦闘といった形か」

「数日……つまり、カイとの戦闘が始まればここに戻ってくることはできないと」

「そうだ。それこそが邪竜の狙いだろう……他国の救援が来るまで戦力を維持したいところだが、そういうわけにもいかないだろう」

「リュシルさんもわかっているからこそ、即座に攻撃しようという話になったわけだからな。俺達が動かないとわかれば、カイは間違いなくマガルタ王国へ攻撃を仕掛ける」

「竜族はこの戦いにおいて重要な戦力だ。それが先んじて攻撃され敗北すれば……カイを止められなくなる可能性が高い」

「俺達がすぐに動き出せば……カイは準備をして迎え撃つ、か」

「その通りだ。そして邪竜は黒の勇者もリュシルもいなくなった状況であれば、王都の征圧は容易《たやす》いと考えるわけだ」

王はユキトから視線を外し、町へ目を向けた。

「来訪者の選定については聞いた。迷宮の扉を開かせないようイズミが留《とど》まり、また騎士の力を引き上げるためにメイが残ってくれるそうだな？」

「ああ。二人の力は防衛の方が有用だから」

「そこは非常にありがたい……無論、来訪者達の力だけに頼るわけではない。フィスデイル王国の力も試されるだろう。やれるだけのことは、やるつもりだ」

ジーク王の言葉は力強いものであったが、悲壮の覚悟も見え隠れしている。たとえどんな状況になっても――多数の犠牲を払ってでも勝利するという気概が、確かにあった。

「……町の人は？」

ふとユキトは問い掛けた。自分達の動き方は決まったが、肝心の住民達はどうなるのか。

「迷宮が開いた時点で避難勧告はしたが、ほとんどの人が留まり、騎士や来訪者達を支援するようだ」

「それは……」

「人々も覚悟をしているんだ。もちろん、王都が戦場になる以上は外に出た方が安全だが、自分達なりに戦おうと決めたようだ」

「そうか……」

それが人々の判断ならば、ユキトは何も言えなかった。

「数日以内に決戦は始まるだろう……しかし、状況としては不利だ。情報戦としては圧倒的に負けている。間違いなく、相手の手のひらの上で転がされているな」

「そうだな……俺達がどう動くかを読んで準備している」

「やれることは相手の目論見《もくろみ》を可能な限り外すことだけだ……大陸中の国家が戦力を結集させ戦うことになるが、ジャレム平原以上に厳しい戦いとなるだろう」

ジーク王は町から再びユキトへ目を向ける。

「ユキト、カイについてどうするかは決まっているんだな？」

「……ああ。今も迷っている自分がいる。だけど、これしかないと思っている」

「その決断に私達は従う。どうか悔いのないように、戦ってくれ」

「……ありがとう」

ユキトは礼を述べ、ジーク王はそれに応じるように微笑を返した。

＊　＊　＊

慌ただしい日はとうとう夜を迎え、来訪者達は思い思いの一夜を過ごす。

どんな戦いになるのかわからない。今いる仲間達が揃《そろ》って顔を合わせられるのはこれで最後かもしれない――だからこそ思い残すことがないように、来訪者達は和やかな雰囲気で談笑していた。

カイと戦うために出陣する者と王都を防衛する者が共に食事をし、この世界での思い出を語り合うグループもいた。全員が、同じ事を考えている――出陣する者は、果たしてどれだけ帰ってくることができるのか。

様々な思いが錯綜《さくそう》する中で、セシルは一人廊下を歩いていた。エルトとの打ち合わせを終えて、出陣前に来訪者達の様子を確認しに来たのだが、

「問題は、なさそうね」

セシルはそう結論づけて彼らがいる場所から離れようとした、その時、

「あ、いた」

メイの声だった。振り返れば歩み寄ってくる彼女が。

「城内の様子はどう？」

「落ち着いているわ……騎士の多くが迷宮の入口を固めているから、静かという面もあるけれど」

「城の守りは大丈夫？」

「そこはもちろん考慮しているわ」

「そっか。なら安心だね」

と、メイは言いながら右手を差し出した。

「明日以降、一緒に頑張っていこう」

「ええ」

笑顔で応じ、セシルはメイと握手を交わす。しかしメイはどこか不満げな様子で、

「でもさ、よりにもよってセシルとユキトがデートする日を狙わなくてもいいと思わない？」

「……そこは、単純に私達の運が悪かっただけよ」

「それで片付けるのもどうだかなあ」

頬《ほお》を膨らませるメイ。まるで自分のことのように怒る彼女を見て、セシルは思わず笑ってしまう。

「……ありがとう、メイ」

そして礼を述べた。

「続きは戦いが終わってからということで」

「うん、それしかないね。それじゃあ、もっと豪華なプランを――」

「そこも、戦いが終わったら相談ね」

苦笑を交えつつ、セシルはメイを制し、

「私は少し巡回してから休むわ」

「……ユキトと顔を合わせた？」

「いえ……ただ、そうね。様子を見に行くことにするわ」

言い残してセシルは歩き出した。人気《ひとけ》のない廊下にただ足音だけが響き、進んでいく。

やがて幾度も見たことのある扉の前に到着し、ノックをしようとした。

けれどその寸前で手が止まる。緊張、とは少し違った。今日は本当にとんでもない日ではあったのだが、扉の奥にいる人と共に町を歩き回っていた。

それがどこか不思議であり、また同時にそのことを思い出すと胸の奥に熱が宿る。気恥ずかしさに加え、何か失敗していないだろうかと考えてしまう。

と、ここでセシルは頭を軽く振った。既にユキトは戦いに向けて集中しているはずだ。余計なことは考えず、まずは様子を窺《うかが》って――

そう思ったところで、ノックをするより前に扉が開きユキトが姿を現した。

「あ……」

「セシル？」

名を呼んだユキトは小首を傾《かし》げ、

「何か用が？」

「あ、えっと……出陣は明日でしょう？　様子を見に来たというか……」

そう声を掛けた時、セシルは心配などないのだと悟った。ユキトの瞳には確固たる意思が宿り、決戦の準備を済ませている。

「問題はなさそうね」

「ああ。覚悟はできている。俺は……自分の望む形で、戦い抜く」

セシルは深々と頷《うなず》く。それが一番の正解だと言うように。

「ユキト、王都の方は私やメイが全力で守るから……存分に戦ってきてほしい。本当は邪竜が出てきても倒してみせるくらいに言えればいいのだけれど」

「さすがにそれは無茶だと思うよ……セシル」

「何？」

「戦いが終わった後に、もう一度町を見て回ろう。今度は、そうだな……俺がプランを立てるよ」

「そんな宣言していいの？」

「不安ばっかりだけど、今日はセシルに楽しませてもらったからさ……そのお礼も兼ねて」

「わかったわ。楽しみにしてる」

セシルは答えると名残《なごり》惜しむ気持ちを抱えつつ、

「私も休むわ。明日以降、どんなことになるのかわからない以上は……休める時に休んでおかないと」

「ああ……必ず生き残り、勝とう」

セシルはユキトの言葉に頷き返し、彼の部屋を離れた。

「……そうね。必ず――」

そしてセシルは自分の部屋へ向かおうとしたが――進路を変えた。

ユキトと顔を合わせ、ある決意を胸に宿した。自分はユキトとどういう関係を築き、そして何を望んでいるのか。

再び人気《ひとけ》のない廊下を進み、やがて踏み入ったのは本来セシルが立ち入ることのない場所。とはいえ来訪者との交友を深め、その折衝役に努めるセシルならば、文句を言う者はいないだろう。

セシルはとある扉の前で立ち止まり、ノックをした。

「――はい」

中から現れたのは、リュシル。

「あれ、セシル？」

「はい、その……」

「理由はいいわ。ほら、中へ入って」

言われ、セシルは部屋へ。リュシルの私室ではあるが、仕事をしていたのか机に書類が積まれていた。

「何か仕事を？」

「明日出陣だから、やれることはやっておこうかと……あ、私が好きにやっているだけだから、自分も仕事をしなければ、とか考えなくていいからね」

「わかりました……それで、ですが」

「セシルがここに来たのは初めて……というより、この部屋周辺は重臣《じゅうしん》が集うエリアだし、立ち入ることがなかったかな？」

「はい」

「とはいえ、今のセシルであれば問題はないでしょう。それで、用件は？」

「……私自身、実現可能かどうかまったくわからないため、リュシル様に頼るしかないのですが」

そうした前置きと共に話し出そうとしたセシルだったが、何が言いたいか相手は気付いたようで、

「――それが、あなたの答えってことか」

「ご察しの通りです……」

「けれどその選択は、極めて困難を伴うものよ」

リユシルに言われ、セシルは厳しい表情で同意する。

「はい。実現できたとして、多くの人に無理を強《し》いることになる」

「けれど、それがあなたの……まず、そうね。結論から言うとそれについては実現可能ね」

リユシルの言葉にセシルは目を見張った。

「ほ、本当ですか⁉」

「ええ。来訪者……特にメイはあなたの考えに賛同するかもしれないけれど、困難が待ち受けている……そしてセシル、あなたも相応の代償を払うことになる」

「はい」

「覚悟の上、ということね……この戦いが終わった時、改めて答えを聞かせてもらおうかな」

「わかりました」

リユシルはセシルの返答を聞いて笑う。それは、決意した気持ちが変わらないだろうと悟っているかのようだった――

＊　＊　＊

翌日、ユキトは支度を済ませ王城のある部屋へと向かう。カイと戦う者達はジャレム平原まで転移魔法を使って移動する。その魔法は既に王城にある転移魔法陣で準備済みだった。

「こちらです」

案内役の魔術師に促され、ユキトは部屋へ足を踏み入れた。先行する騎士達が魔法陣の中央に立ち、白い光に包まれ消えていく光景が見えた。

「平原側ではすぐに動ける準備ができているとのことです」

「わかりました」

ユキトは背後を一瞥《いちべつ》。今回、カイとの戦いに加わる仲間達の半数――一番前には槍《やり》を携えるシュウゴの姿があった。

「いつでも行けるぜ」

「……よし、行こう」

ユキトが先んじて魔法陣中央へ。直後、全身が白い光に包まれ――視界が切り替わると同時に、暖かい風が全身を撫《な》でた。

気付けばそこは、カイと死闘を繰り広げたジャレム平原ど真ん中。周囲を見回せば、地面が割れているなど先の戦争における爪痕らしきものが見受けられる。そして真正面には駐屯地《ちゅうとんち》らしき陣地があった。天幕が多数張られ、他国の騎士――ローデシア王国の騎士が動き回っているのが見える。

ユキトがそちらへ足を踏み出すと、後方から仲間の気配が生まれる。順調に転移してきているのだと認識すると共に、陣地の中から見覚えのある人影を発見した。

「待っていた」

「レヴィン王子！」

先の戦争で共に戦った、ローデシア王国王子のレヴィンだった。

「既にマガルタ王国の騎士は先行している。ラオドもそこにいて、勇者カイの動向を観察、場合によっては牽制《けんせい》という役割だ。合流してから本格的に戦闘開始になる」

「わかった……もしかして、戦争後ずっとここに？」

「ずっと、ではないな。しかし転移魔法でローデシアに帰ってはここに来ての繰り返しだったため、ゆっくりする暇はなかったが」

そう語るレヴィンだったが、疲労などはなさそうだった。

「さて、本来ならばじっくり話をしたいところだが、すぐにでも移動開始といこう。勇者カイはこちらの動きが鈍《にぶ》ればマガルタ王国へ攻撃を仕掛けるだろう」

「カイの周辺……魔物や悪魔の数は？」

「かなり多い。なおかつ、どうやらこの平原で戦った個体よりも強いと推測される……もしかすると、迷宮内にいた魔物を邪竜が寄越《よこ》したのかもしれない」

「つまり転移によって出入りができてしまっていると」

それがどれだけ深刻なことかは、ユキトにも理解できる。

「しかし転移魔法で肝心の邪竜は外に出ていない……もし出られるのであれば、とっくの昔に出ているはずだ」

「何か制約があるとか？」

「推測ではあるが……まず、勇者カイの周辺に魔物や悪魔はいるが、巨大な敵は存在していない。加え、邪竜自身は巨体で迷宮最奥に鎮座しているものと考えられる。つまり」

「一定以上の質量を持つ存在は、転移できない」

その言葉を告げたのはユキトではなく、今回同行したツカサだった。レヴィンは彼の姿を目に留めると、

「君はこちら側か。霊具の特性からして、防衛に回るものと思っていたが」

「そこは別の仲間に託しているので」

「そうか。勇者ユキトと、大規模魔法でカイを負傷させたツカサ……加えてリュシルか。可能な限り万全のメンバーといったところか？」

「そうね」

そこで声を発したのは、後方から近寄ってくるリュシルだった。

「レヴィン、すぐに動ける？」

「もちろんだ。既に決戦に臨む者達は準備万端……ああ、一つ注意が。転移魔法陣のあるこの場所はそれなりの戦力を割いて防衛する必要性がある。その役目はローデシアが担う

が、戦力事情を考えるとフィスデイル王国へ援護に入るのは、無理だ」

「そこはこちらも理解しているわ。ローデシアはローデシアの役割を全《まっと》うして」

「わかった。フィスデイル側の騎士は集合するまでどのくらい掛かる？」

「荷物などの搬入もあるし、一時間くらいではないかしら」

「では、それまでは待機だな。勇者ユキト達はどうする？　休める場所は用意しているが」

「各々《おのおの》の判断に任せるよ。俺は、少し散歩する」

――そうしてユキト達は準備が整うまで解散となった。ユキトは陣地周辺を歩きつつ、静かにカイとの戦いに思いを馳《は》せる。

いつの間にかユキトの横にディルが出現しており、問い掛けてくる。

「体調はどう？」

「問題ない。ディルは？」

「霊具に体調なんてないからね……カイ、倒せると思う？」

「ジャレム平原での戦いからそんなに日は経っていないけど、十分に鍛錬は積んだ。届くかどうかはわからないが……前よりは、やれると思う」

立ち止まり、空を見上げる。その時、足音が聞こえたため視線を変えると、リュシルがいた。

「決戦前だけれど、戦意は十分ね」

「……リュシルさんは大丈夫か？　昨日遅くまで事務仕事をしていただろ」

「問題ない。カイとの戦いがいつ始まってもいいように準備はしてきたから」

そこまで言うと、リュシルはユキトと視線を合わせる。

「一つ、頼みがあるの」

「頼み？」

「今のところ『神降ろし』については、私とディルがユキトに力を貸して戦うという形を取っているけれど、剣術面のサポートはしていない。剣の技量とかそういうのはユキトが一番わかっているし、これは当然と言えるわね」

「そうだな」

「一方で、私の意思でユキトの体を動かすことはできる。例えばユキトが一時的に気を失ってしまった時とか、敵の攻撃を回避するために体を動かすとか、そういう使い方が考えられる」

「勝手に体が動くというのは、弊害もありそうだけど」

「そうね。本人の意思に関わらず無理に体を動かすと、場合によっては体そのものを痛めることに繋《つな》がるかも……ただそれを承知で一つ頼みが。カイとの戦いの中で、私がユキトの体を一度だけ操作したい」

「一度……だけ？」

「ええ。ただ理由を説明するのは……」

リュシルは言葉を濁した。理由を語れないが――彼女には何か思惑があって今回の提案をしている様子。

そもそも頼むという行為が必要なのか――とユキトは考えたのだが、（闘いの中で突然動きを操作されたら驚いて動きが鈍《にぶ》るかもしれない。事前に言い含めておくのが筋ではあるか）

「……なぜそんな頼みをするのかわからないけど」

不思議な要求に対しユキトの答えは、明瞭なものだった。

「リュシルさんが正しいと感じたのであれば、それに従うよ」

「ありがとう」

「というか、それが生死の分かれ目になるかもしれないって話だろ？　であれば、感謝するのはリュシルさんじゃなくて俺の方だよ」

その言葉でリュシルは笑い、ユキトも釣られるように口の端をつり上げた。

「……正直、勝てるかどうかわからないし、望むような形で勝利をしてもフィスデイル王国に舞い戻らないといけないから、休む暇はない」

ユキトはリュシルと目を合わせながら語る。

「俺自身、最後までもつかわからない……でも、付き合ってくれるか？」

「もちろん。黒の勇者……世界を救う英雄を、最後まで支えるわ」

「うん、頼む」

改めて、という意味でユキトは右手を差し出し、リュシルも握手に応じる。

「……私は、ローデシア王国との連携について確認してくる」

手を離した後、彼女は足早に去る。それを見送っていると、別の人影が現れた。

「ダイン……そっちも散歩か？」

この世界で知り合い、ザインを倒すため、共に戦うことになったダインであった。彼はユキトの問い掛けに首肯《しゅこう》し、

「ああ。何かできることはないかと探していたんだが……結局、やれることはなかった」

「戦いの時に力を発揮してくれればいいさ」

「肝心の戦いでも、果たして役に立てるかどうか……」

苦笑するダイン。彼の霊具の特性から、カイが相手でも戦うことはできる。しかし、カイの能力を踏まえれば接近できても傷を負わせられるかどうかはわからない。

「それでも、俺はダインに戦ってほしいからこちら側に来てくれるようお願いした」

不安をこぼすダインに対し、ユキトはそう告げた。

「直感じゃないけど、ダインの力が必要になる場面がある……そんな風に思えるんだ」

「そうか……ならば最後まで付き合うとするさ」

「死にに行くような真似《まね》はしないでくれよ。犠牲を前提にした戦いは望んでないから」

「わかっている。引き際はわきまえているさ……可能な限り頑張らせてもらう。よろしく頼む」

「こちらこそ」

ダインともまた握手を交わし、改めてユキトは必ずカイを倒すという決意を固めた。

＊　＊　＊

ユキト達が離れたフィスデイル王国の首都――迷宮の入口では、来訪者であるイズミが中心となって動いていた。いつ何時《なんどき》邪竜が動き出すかわからない。よって、彼女が前線に立って扉が開かないよう、処置を施していた。

「――なるほど、ずいぶんと色々やってんなあ」

そうした光景を、遠くから監視している存在があった。カイから指示を受け王都まで移動してきたザインである。

ザインは森の奥、誰にも見咎《みとが》められない場所で遠距離から王都の動向を監視していた。迷宮前で動き回る騎士達の姿をしっかり捉え、その動きを確認している。なおかつ、どの来訪者が王都にいるのかについても――

「お、あれはユキトの相棒みたいな騎士じゃねえか」

セシルの存在を発見してザインは声を上げる。

「ユキトの野郎はカイとの戦いに出向いているはずだが……なるほど、騎士代表ということで、こちら側に配置されたわけか」

とはいえ、彼女がいるいないで大した変化はないだろうとザインは思う。ジャレム平原における戦いでもセシルはユキトの傍《そば》にいなかった。むしろ敵の計略を崩すべく攻撃に回っていたことを踏まえれば、背中を守る相棒という役割に加え、ユキトが作戦を任せられる最高の騎士、という立ち位置だろう。

「……どうあがいても、結末は変わらないだろうが、な」

ザインはここから迷宮がどうなるのかをカイから聞かされている。それを考えればあの場にいる来訪者達は――

「ま、どうでもいいが。あの様子だと、俺の作戦は上手《うま》くいきそうだ」

呟《つぶや》きながらザインはカイについて思考を巡らせる。

「アイツは大丈夫なのか？　という話もあるが――」

ザインは知っている。ジャレム平原での戦いからカイと共に行動しているため、彼がどれほどの修練を行っているのかを。

あの戦いから時間はそれほど経過していない。けれどその間に、カイは聖剣を扱う能力

をより高めた。来訪者やユキトが前の戦いを踏まえて戦術を練っているのであれば、勝ち目はない。

無論、ユキトの方も鍛錬を重ねただろう。天神であるリュシルとの融合技術は目を見張るものであり、カイの聖剣が持つ力に対抗できるのは、彼だけだ。

「邪竜でさえも、倒せるかもしれないが……さて、邪竜はどこまで考えている？」

監視しながら、ザインは作戦を改めて整理する。とにもかくにも、迷宮の扉が開いて初めて動き出せる。どういったタイミングで、どう動くべきかは全てザインの判断に賭かっている。

カイ自身、失敗はできないと語っていた。もしザインが失敗すれば、この戦いの勝利者は人類でもカイでもなく、邪竜ということになる。

「やれやれ、世界の命運を俺に賭けるというのは……あまりにも無茶苦茶なベットをしたもんだぜ、白の勇者様は」

そう呟《つぶや》きながらもザインの口の端は歪《ゆが》んでいた。皮肉を込めた笑みではなく、無理難題を押しつけられたという苦笑でもない。それはまさしく――世界の支配者を決める戦いにおいて、自分こそが全てを握っているという興奮からのものだった。

「感謝するぜカイ。力をなくした結果、こんな歴史の転換点に立ち会えるどころか当事者になれたんだからな」

――そう、全ては自分の手の中にあるという感覚を、ザインは確かに持っていた。人間達がどういう備えをして、どう動いているのか。カイはどういう作戦を立て、邪竜の計略を読んでいるのか。そして邪竜は、どのような戦い方をするのか。

全てが混ざり合い、その中にザインは飛び込んでいく。自分が滅びれば、カイの作戦は潰《つい》える。けれどももし成功すれば――

「……力を得るにしたって、ずいぶんとリスクのある賭けには違いない。だがまあ、それを越えれば間違いなく俺が望んだ力を得ることができる」

視線は迷宮の扉へ向けられる。未《いま》だ動きのないそこを注視し、ザインは思案する。

「後は、目論見《もくろみ》通りいくのかだな……ジャレム平原での戦いで俺も策を仕込んだが、大したものじゃない。とはいえ、戦いの結末を変える可能性がある」

ここでザインは勝利条件を考える。カイ、もしくは邪竜が勝ってしまえば当然、力を得ても最後には勝者と戦う必要がある。魔神の力と聖剣の力――二つが交わってしまえば、たとえザインが力を得たとしても勝てないだろう。

だからこそ自分の勝利条件は――

「……ははっ」

短く笑う。自分がやったことはとても小さなこと。だが、それは自身が望む展開へと導く布石となるだろう。

「結果は楽しみにしておくか……さあ、ゆっくり待とうじゃねえか」

次に扉が開かれた時、世界の行く末を決める戦いが始まるのだ――

＊　＊　＊

フィスデイル王国騎士達が準備を済ませた後、ユキト達は本格的に行動を開始した。ローデシア王国の騎士とそれを率いるレヴィンが先導する形で、目的地へと向かう。

フィスデイル王国の騎士とユキト達来訪者は、後方から彼らの背を追う。平原をしばらく歩いた後、森へと入り込み歩調を維持し進んでいく。

カイがいる場所へは丸一日必要だという見立てだった。森の中の行軍は体力を消耗していき、士気も下がりそうだが――決戦が迫っているためか、誰もが表情を変えることなく、進軍は驚くほど順調だった。

道中で幾度か魔物と遭遇することはあったが、それは邪竜が生み出したものではなく自然発生した野良の個体。ユキト達が行動することすらなく、ローデシア王国の騎士が難なく対処した。

「……城で最後に集めた情報によると」

現れた魔物を騎士が倒す姿を眺めながら、リュシルはユキトへ話し掛けた。

「残っている魔物の巣についてだけれど、その周辺にいる魔物はほとんど動いていないようね」

「カイは邪竜と手を組んでいるが、巣の魔物を自由にはできないよな。ということは邪竜が意図的にそうしている？」

「というより、魔物を指揮する存在を迷宮に集結させているのかも」

それはつまり、迷宮内で準備が着々と進んでいるということに他ならない。

「迷宮内に信奉者が集い、扉を開け今回の作戦を実行した。そして邪竜側は次の戦いで戦力を投入し、全てを決しようとしている」

「それをどうにかはね除《の》ければ……」

「勝利の道が開ける。もちろん私達がカイに勝利することが前提だけれど」

――そうした会話をする間にも、予定以上の速度で行程を消化し、夜を迎えたため、ユキト達は野営をすることにした。カイとの決戦地へはこのペースで移動すれば、翌日の昼前には到着できるだろうという見立てだ。

「――いつも思うんだけど」

火を囲み食事をしている時、空を見上げながらアユミは呟《つぶや》いた。

「この世界の星、綺麗《きれい》だよね」

「俺はあまり見たことがないな」

ユキトはそう返しつつ、アユミに倣《なら》って空を見上げた。

「リュシルさん、この世界に星座とかはあるのか？」

「星座？　あるわね。もし良かったら今度教えてあげましょうか」

「そうだな……」

「いずれ元の世界に戻るのだから必要ないと思っている？」

「いや、そういうわけじゃないけど……」

「私さ」

アユミが割って入るように口を開いた。

「一つ、決めたことがある」

「……決めた？」

「うん、私は……この世界に残ろうと思ってる」

突然の表明に、ユキトを含め来訪者の面々は彼女に注目する。

「私なりに、色々と考えてさ……この霊具と私の力があれば、色んな人を助けられるかなと思って」

「それが、理由なのか？」

「もう一つ、大きい理由としては……言い出す機会はなかっただろうし、本人も私くらいにしか言わなかったみたいだけど、こういう状況なら文句も出ないだろうし、話すけどね……メイも、この世界に残るつもりみたい」

「メイも……？」

ユキトには、彼女が何を考えているのか、おぼろげにわかった気がした。

「この世界で人々を癒やしながら、多くの人に歌を届ける……霊具の成長によって、多くの人を鼓舞したことでメイもまた決意が固まったみたい。だからこそ、私も……メイと共に残ろうかなって」

「そう、か。最大の問題は、元の世界でどうなるのかだけど」

「ま、何かしらいい方法ってのがあるんじゃないか？」

次に口を開いたのは、シュウゴ。

「この世界にある魔法を用いれば、対処法はあるだろう……あ、ちなみに俺も結論は出してる。帰るつもりだ」

「そっか……」

「俺やアユミ、メイみたいに既に結論を得た人間は少ないだろうな……でもまあ、邪竜との戦いが終われば元の世界へ帰る方法を模索することになる。そうなる前に、さっさと決めた方がいいかもしれないと俺は思うぞ」

「――そうだな」

と、シュウゴに続き声を発したのはツカサであった。

「せっかくだから言っておこうか。俺は残るつもりだ……この霊具の力に興味もあるし、もっと魔法のことを知りたいと願うようになった」

「ツカサがそうだとしたら、イズミも同じ結論かもしれないな」

「尋ねてはいないが、そうかもしれない」

——その後、他の仲間達も相次いで表明した。残る、帰る、まだ決めあぐねている、と答えは様々だったが、決断している者の中で残る者と帰る者は半々程度だった。

一通り宣言し終えた時、アユミはユキトへ向かって問い掛けた。

「ユキトはどう？ たぶん、この世界の人にとっては一番気になると思うけど」

「そう、だな……」

誰も「セシルがいるから残るだろう」とは言わなかった。ユキト自身が迷っていることは、誰もがわかっている様子。

ユキトが無言でいると、今度はリュシルが口を開いた。

「みんな、それぞれ結論を出している……残ると表明する人達には感謝したい。邪竜との戦いが終わって平和になっても、様々な障害があるでしょう。邪竜が残した魔物達の掃討を始め、難題は山積している。その解決に手を貸してもらえれば……」

仲間達は頷《うなず》く。そうした姿を見て、ユキトもまた自分はどうしたいのか、少しずつ気持ちが固まっていくような気がした。

「とはいえ、戦いが終わった後の話はこれくらいにしましょう。まずはカイとの戦い……それに勝利しなければ。ユキト、明日は厳しい戦いになるだろうけれど」

「わかっている。ここまで倒れていった仲間達のためにも……必ず、勝利する」

ユキトは改めて仲間達を見回した。みんなの視線を集める中で、

「明日の戦いはシンプルだ。カイは全力で俺に向かってくるだろう。リュシルさんと協力する技法は十分に練り込んだ。ジャレム平原での戦いの時より、ずっと戦えるはず」

ユキトはリュシルへ目を向けると、彼女は力強く頷き返した。

「皆は襲い掛かってくる敵を打ち払ってくれ……援護については、どうだろうな」

ユキトの言葉に、いち早く反応したのはシュウゴ。

「二人の戦いに介入するのは、能力的な意味でかなり厳しいのは間違いないよな。この中でできると断言できるのは、ツカサぐらいか」

「俺はそのためにいる」

彼が放った言葉には、力がこもっていた。

「カイを倒す……止めるために、全力でやらせてもらう」

「ありがとう。明日……カイとの戦いを、絶対に終わらせよう」

全員が、決意に満ちた表情を示す。まさしくこの場にいる仲間達の意思が、統一した瞬間だった。

「——とはいえ」

ユキトは、大きく息を吐きながら、

「相手は聖剣を持つカイだ。勝つにはどれほど困難を極めるか……」

「——正直、策と呼べるかどうかはわからないが」

ふいに、ツカサが発言した。

「一つだけ、思い立ったことがあった。戦いの中でやるのは難しいかもしれない……だが、もしカイを倒せるとしたら——」

彼は語り出す。そうして、決戦前の夜は更けていった。

＊＊＊

森の中で、横になっていたカイは目を開ける。眠っていたらしく、少しずつ明るくなっていく世界を見回し、ゆっくりと起き上がった。

「朝か……」

呟《つぶや》いた後に気配を探る。昨日からカイを監視している軍勢——マガルタ王国の者達が布陣していた。カイとしては攻撃することも選択肢にあったが、もし仕掛けたら即座に退却するだろうと予測できたため、あえて攻撃はしなかった。

本命は、後にやってくるユキト達――昨夜のうちにかなり近しいところまで来ていた彼らが移動を再開しているのがわかり、

「この調子だと、昼前には到着するな……決着がつくのはそれこそ、昼を回るか回らないか、くらいのものか」

立ち上がりながらカイは肩を軽く回す。聖剣によって結界を構築して眠っていたが、地べたで眠るも同然であるので、体に違和感がないかを確認する。

「ストレッチでもした方がいいかな……と、その前に」

周囲を見回す。カイを囲むように――否《いな》、守護するように周囲には魔物や悪魔がいた。特に悪魔は騎士を象《かたど》ったタイプのもので、これは邪竜が自らの力で生み出した個体である。

「布陣を始めろ」

魔物が動き出す。迎え撃つ準備は既に整っている。さらに言えば、戦いが終わった後の準備も済ませてあった。

残るは最大の脅威であるユキトを倒すだけ。聖剣の力があれば、ユキトとリュシル――両者を倒せば邪竜以外に敵はいなくなる。いかに仲間達が強くなろうとも、霊具の成長を果たしていようとも、勝てる自信があった。

そして邪竜がどういう作戦をとってくるのかを予期し、対策を施している。勝利への道

筋は、できている。

「迷宮が再び開けば、ザインが動き出す……邪竜を倒した後はザインが待っているわけだけど……ま、問題にはならないか」

どれほどの力をザインが得ようとも、邪竜ほどの脅威にはなり得ないとカイは確信する。つまり今日の戦いに勝てば、カイが世界の支配者となるも同然。

「もっとも、今日の戦いが最大の障害と言えるだろうけどね……」

カイは策を仕込み対策を行った邪竜よりも、ユキトの方が脅威だと考えていた。紛《まぎ》れもなく望みを叶《かな》える――世界を支配するための最後の壁。相手は可能な限り策を仕込み、備えこちらへ向かっている。

無論、カイも様々な想定をしている。ユキトと共に戦う仲間が誰なのか――それを踏まえ、どう動くべきかはこれまでシミュレーションしてきた。しかしジャレム平原の戦い――あれを思い出せば、どこまで想定してもそれを上回る可能性は残されているとカイは思う。

「それに、大怪我《おおけが》をして聖剣を扱えなくなったらそれで終わりだ。絶対に仕損じてはならない以上……最大限警戒しなければ。まずは魔物達を使って動きを見極めるか」

魔力を流し魔物や悪魔を操作する。カイ自身に魔物を生み出す能力はない。周囲にいる魔物達は邪竜が戦力として提供したもの。指揮権はあるが簡単な命令ができるだけだ。

「魔物や悪魔を騎士達に任せ、ユキトと仲間は僕へ接近してくるだろう……修行をして強くなっているユキトを相手にしながら他者から妨害されると厄介《やっかい》だな」

そう言いつつも、カイは淀みなく魔物を布陣していく。警戒はするが、自分の普段通りの戦いができれば勝てる——そう思いながらカイは、マガルタ王国の部隊が動き出すのを確認する。

「ユキト達のことに気付き動き出したな……来るのを待つのかそれとも先に仕掛けてくるのか」

カイは魔物や悪魔を動かしつつ、敵の出方を窺《うかが》う。

それは、例えるならば盤上の遊戯《ゆうぎ》だった。相手の動きに合わせカイは魔物を動かす。しかし相手もわかっているらしく、少しでも目論見《もくろみ》をずらそうとする——まさしく読み合いであり、カイは勝利するべく思考を巡らせる。

やがて、魔物とマガルタ王国の騎士達との間に戦端が切り開かれた。森の中から戦闘音と思《おぼ》しき様々な音が聞こえてくる。金属音、雄叫《おたけ》び、爆発音——カイはそれを聞きながら前線で戦う魔物へ聖剣の力を利用し干渉。魔物の視点を覗《のぞ》く。

最前線はマガルタ王国の騎士が奮戦し、押し寄せる魔物達を押し返していた。悪魔や魔物は迷宮由来ではあるのだが、個人個人のスペックが高い竜族の騎士相手ではさすがに分が悪いようだ。

「そもそも迷宮は狭い場所なわけだし、開けた場所で使役することは想定していないのかもしれないな……」

個々の戦力については相手に分がある。ただ、ユキト達以外の援軍が来る可能性が低いことから、人数そのものは増えないと確信する。

カイはゆっくりと息を吐いた。そして思い出す――邪竜と契約し、記憶を失って聖剣を手にしたこと。世界を救いながら記憶を取り戻し、仲間を、騎士を斬ったこと。

後戻りはできない。支配するという願いを手放しはしない。最後まで、望みを叶《かな》えるために戦い抜く。

だが同時に、カイは思うことがあった。自分は世界に反旗を翻《ひるがえ》し、共に戦った者達に斬られる覚悟はできている。しかし元仲間は――

「ユキトは、僕を殺すのではなく倒そうとするだろうな」

そこに大きな違いがある。カイは躊躇《ためら》いなくユキトへ刃《やいば》を振れる。一方でユキトはどうか。聖剣が相手である以上は全力で向かってくるだろう。だが、もしカイを追い詰めた時にどうするか。

「ユキトと僕の勝負は読めないが……戦術的には優位だ。必ず、僕が勝利する」

確信をこめて呟《つぶや》くと、カイは森の中を歩き出した。

＊＊＊

ユキト達がカイの待つ戦場に辿《たど》り着いた時、既にマガルタ王国の部隊は戦闘を始めていた。そこには何度も戦った種類の魔物以外に、迷宮が開いた際に現れた悪魔もいる。ユキト達が考察した通り、邪竜は迷宮の外へ魔物を派遣できることを意味していた。

「――どうにか、対処はできている」

ユキト達を出迎えたのはジャレム平原での戦いでマガルタ王国軍の指揮を務めたラオド。ユキトの祖父と関係がある彼は、戦況をそう評した。

「厄介《やっかい》な敵ではあるし、勇者カイを追い込んではいないが……魔物達を抑え込めている」

彼が発言した直後、ユキトの近くにいたレヴィンが声を上げた。

「マガルタ王国軍は、魔物を抑える役目を担うんだな？」

「そうだ。フィスデイル王国軍と来訪者……そしてローデシア王国軍は勇者カイの所へ向かってくれ。さすがに魔物全てを食い止めるのは難しいが、大半はどうにかなる。レヴィン王子、それでいいな？」

「その言葉に乗らせてもらおう……ただ、肝心の勇者カイについては――」

「俺が」

ユキトが力強く述べる。後方にいるリュシルもまた戦意は高く、準備は整っている。

「一対一の状況に持ち込むことができれば……いや、来訪者である俺達が総出で戦えば」

続けざまに告げたユキトの言葉にラオドは大きく頷《うなず》き、

「ああ、それでいこう……武運を祈る」

ユキト達は弾《はじ》かれたように動き出すと、ローデシア軍がユキト達の前に出た。

「ここは俺達が！」

レヴィンが言う。カイと向かい合う時まで彼らが前線に立つらしい。ユキトが同意の返事を投げるよりも先に、ローデシア王国軍は魔物への攻撃を開始した。

「突破を優先しろ！　討ち漏《も》らしはマガルタ王国に託せ！」

そう指示を下し、レヴィンが先導する形で戦場を駆けた。ユキトやリュシル達はそれに続いて移動する。一方魔物達はすかさず反応し、カイがいる場所へ到達させないよう、立ち塞《ふさ》がる。

明らかにユキト達を妨害する動きであり、それに応じたのは――レヴィン。

「密集し、進路を阻《はば》むというわけか……確かに援軍が期待できないこの状況において、時間を稼ぎこちらの被害を大きくするのは有効だ」

レヴィンは発言しながら剣を抜く。その刀身は既に金色の光を帯びていた。

「だが、俺の剣の前には通用しない！」

魔力が弾け、レヴィンが縦に一閃《いっせん》すると――雷光《らいこう》が迸《ほとばし》り、密集していた魔物へ直撃した。雷光は弾け拡散し、直撃しなかった魔物へも伝播《でんぱ》し、一瞬の内に密集する魔物達の間を駆け抜ける。

「すごっ……」

仲間の一人、レオナが間近で雷光の威力を目の当たりにして驚愕《きょうがく》する。するとそこでリユシルから解説が入った。

「あれこそローデシア王国の王族に伝わる天級霊具……名は『雷皇剣《らいこうけん》』といい、その名の通り雷《かみなり》を操る霊具」

彼女が話す間にも、魔物の数が減っていく。

「炎や氷など、一つの属性を操る霊具は多種多様に存在するけれど、あの剣は雷を使う霊具の中で最高の力を持っているでしょう。ただ、その威力の高さ故に味方を巻き込む危険性があるため、接近戦では多少使いにくい」

そこでユキトはジャレム平原での戦いを思い返す。

「あの戦いでは、大軍勢同士の戦いだったから……」

「そう。彼自身が軍勢を指揮する必要から、最前線で霊具を振るい続けるということはできなかったため、あまり活用されなかった。でも今回は違う。霊具の力をフル活用することができる――」

一際大きい稲光が生まれ、魔物は滅していく。恐ろしいほどの速度で目前にいた敵が消え失《う》せる光景を見て、ユキトは思わず息を飲む。

「このまま進むぞ！」

そしてレヴィンは言い放つと、ローデシア王国の騎士達は一斉に動き始めた。それに続きユキト達も進む。マガルタ王国の面々も敵を迎撃し、前方はレヴィンの手によって道が開けた――今が好機。

だが、ユキトは森からさらなる気配を感じ取る。援軍か、と思った矢先に新たな悪魔が飛び出してくる。

（この悪魔はどういう経緯でここにいるんだ？　少なくともカイの持つ聖剣の力では魔物を生成できないはずで――）

「落ち着いて対処しろ！　敵の数が急激に増えることはない！」

レヴィンがさらに叫びながら雷撃《らいげき》を放つ。どうにか魔物の数は減らしたが、先ほどのように密集することはなく、散開し襲い掛かってくる。

そうした中、近くにいたシュウゴが声を上げた。

「急激に増えない……って、どういうことだ？」

「――魔物を増やしている様子はないということだ」

答えたのはツカサ。

「カイは魔物を生成できない。ならば援軍が送られ続けている可能性がある……しかしその場合、魔力を探れば魔物が発生しているところを感知できるが、そうした気配はない。つまり、魔物は事前に用意されたもの。数を減らせばそれだけこちらが有利に働く」

「なるほどな。ただ、カイだって魔物がやられるのを黙って見ているつもりはないだろ」

シュウゴは槍《やり》を強く握りしめる。ユキトもわかっていた。目前にいる魔物や悪魔は確実に数を減らしている。レヴィンとローデシア王国の騎士達が奮戦しているためだが、こうなれば当然カイは後方で座して待つわけにはいかない。

ならば次に起こることは――ユキトは口を開く。

「……ツカサ、準備は？」

「今は身の内で魔力を練り上げているところだ。カイが来るまでには整う」

「わかった。みんなの戦い方は事前に話した通り。俺はカイとの戦いに注力する」

その言葉の直後だった。ユキトは戦場の真正面、森の奥からこれまでにない強い気配を感じ取った。それは召喚されて以降、感じ続けた聖剣の力。

「来た」

端的にユキトが述べた直後、森から飛び出す影があった。直後、

「散開しろ！」

レヴィンはそう叫び、周辺にいた騎士達が散った。そこで、ユキトは駆ける。

「リュシルさん！」

声と同時、並走するリュシルの力が高まり、ユキトへ収束した。それと共に瞳を除いてユキトの姿が黒衣から純白へと変化する。

森からはさらなる悪魔の気配が生じ、それが相次いでユキト達へ向け飛び出してくる。仲間達も霊具へ魔力を流し、戦闘態勢に入った。

そうした中、ユキトはとうとう捉えた——聖剣を握る、彼の姿を。

「カイ！」

「ユキト！」

互いに名を呼んだユキト達は駆け——真正面から、激突した。

魔力が迸《ほとばし》り、周辺にいた騎士や魔物が恐れおののき後退する光景が視界の端に映る。両者は互いに一歩も譲ることなく鍔《つば》迫《ぜ》り合いとなり、刃越《やいばご》しに視線を交わす。

「カイ……今度こそ、決着をつけよう」

「ああ、そうだね。とはいえ、ユキトの攻撃を見て理解したよ。僕を止める気ではあるが、殺す気はないようだ」

断言したカイに対しユキトは無言で剣を押し返し、距離を取る。

「ジャレム平原における戦いと比べても、相当に強くなったのは間違いないようだけれど、果たしてそれで僕に勝てるのかい？」

「……勝つ。勝たなければいけない」

剣を構え直しながらユキトは答える。念じるような声音であり、カイはそれを聞いて小さく笑う。

「決意は携えてきた……が、僕もまた強くなっている」

聖剣の力が発露する。目の前の景色がぼやけ、カイの姿かたちが歪《ゆが》んでいるのではと錯覚するほどに、聖剣の魔力は濃いものだった。

「僕らが激突すれば周辺がどうなるかわからない。それでも、戦うかい？」

――騎士や仲間達の戦いは、混戦の様相を呈《てい》し始めた。前とは状況が大きく異なり、このまま戦えば味方を巻き込みかねない。

カイにとって魔物や悪魔は単なる駒であるため、巻き込んでも構わない――ユキトはここでカイの魂胆《こんたん》を理解した。最初カイは動かずに悪魔や魔物を使って騎士達の戦いぶりを見ていた。そして、乱戦に持ち込めば、ユキトは味方を気にして力を制限せざるを得ないであろうと判断し、こうした形を取ったのだ。

カイは戦況を見据えベストな戦い方を選択した。この時点でユキトは不利。だが、

「……ああ、ここで終わらせる」

「わかった。ならやろう……世界の支配者を決める戦いを」

聖剣から力がさらに発露する。ユキトは、

「ディル、リュシルさん、頼むぞ……！」

『りょーかい』

『任せて』

二人の声を聞くと同時、ユキトは腹の底から声を放ちながら突撃を開始した。

＊　＊　＊

「まだまだ！　もっと魔力を注いで！」

そう叫ぶのは来訪者の一人であるイズミ。ツカサから託された魔法によって迷宮の扉を抑え込んでいる。その周辺には多数の宮廷魔術師が控え、大地へ魔力を注ぎ迷宮の扉が開こうとするのを魔法によって留《とど》めている。

──事態が急変したのは、この日セシルが迷宮の入口を訪れた時だった。異変を察知したイズミが即座に魔法を構築し、迷宮の扉に干渉を開始。そして一報を聞きつけた騎士エルトが精鋭を率いて迷宮の入口を固め今に至る。

王都の防衛に回った来訪者達も既にこの場に布陣しており、前線に立つオウキを始め、後方支援を行うメイも準備を済ませていた。

セシルとしては現状、何もすることができず、ただイズミの作業を見守るしかない。そうした中で、セシルの近くへやってきたエルトが口を開いた。

「昨日時点での報告では、ベルファ王国とシャディ王国の援軍が今日明日中には到着するとのこと」

「……今日、どうにか迷宮の扉を抑え込めば」

「はい。それでこちらは万全の状態で迎え撃てるわけですが……敵はそれをわかった上で仕掛けるつもりなのでしょう」

会話をする間にも、イズミの号令により魔術師達が魔力を注ぐ。

「これは推測ですが、カイ様との戦いも始まっていることでしょう」

「邪竜とカイは示し合わせた上で、ということですね」

「仮に王都へ瞬時に戻る転移魔法が霊具の力によって生まれたとしても、戦闘が始まれば戻れない……あらゆる想定をして、確実に戦力を分断させる手段をとっているようです」

「策だけを見れば、私達はただ戦力を二地点に結集させているだけ……」

「迷宮を抑え込む術式も、結局は力によって押し留めようとしているだけ……相手の方がよっぽど狡猾《こうかつ》で、策士ですね」

エルトは周辺にいる騎士達と来訪者を一瞥《いちべつ》し、続ける。

「ツカサ様が残した索敵《さくてき》魔法で、邪竜の気配は現在も迷宮最奥にあるのがわかります。ならば扉が開いた際、現れるのは信奉者でしょうね……既に迷宮周辺にいる住民は避難させていますし、この場所が戦場になっても問題ない……ただ、町そのものへの影響も考えたいところですが、そんな余裕あるのかどうか」

その言葉の直後だった。ギシリ、と重い音が聞こえたかと思うと迷宮の扉が明らかに動いた。

「まだ間に合う！　押し返せる！」

檄《げき》を飛ばすイズミと、それに従い魔力を注ぎ続ける魔術師達。とはいえ、この調子だと時間の問題であり――

「――迷宮の扉については、閉じる処置を続けるように！」

そこでエルトが声を発した。

「騎士団、戦闘態勢へ！　おそらく今度は信奉者が来るでしょう！　それに応じるべく、陣形を組んでください！」

扉が少しずつ開いていく。イズミ達はなおも作業に徹しており、周辺を多くの騎士が固め護衛する。なおかつ入口周辺にも続々と騎士や兵士が集まり――彼らは全員が霊具を扱える精鋭部隊。フィスデイル王国の、最高戦力だった。

「エルトさん」

ここでメイが告げる。

「歌による強化はすぐにでもできるけど……」

「あなたとて、無限に歌えるわけではないでしょう。どれだけ戦いが続くかわからない以上、可能な限り温存はしておきたいところですが……」

やがて人が二人程度は通れるくらいの隙間《すきま》が生まれ、セシルは来ると直感する。

「正直、そんなことを言う余裕はないかもしれません」

エルトが呟《つぶや》いた次の瞬間、迷宮の入口から漆黒《しっこく》の鎧《よろい》に身を固めた一体の悪魔が飛び出した。

「攻撃開始！」

エルトが号令を発すると、多種多様な魔法が悪魔へと降り注ぎ、体躯《たいく》が一瞬の内に滅んだ。続けざまに別の悪魔が外へ出てきたが、それもすぐさま魔法で消し飛ぶ。

「魔法の斉射は止めるな！　入口から出現した個体はすぐに倒せ！」

魔法による弾幕は迷宮奥から出現する悪魔に通用し、確実に倒していく――そこで、メイの歌声が鼓膜を震わせた。それは聞いた者を鼓舞し、魔力を高める強化の力。騎士達の士気は上がり、さらに悪魔を倒す速度が増していく。

だが、扉は徐々に開き続けており、斉射範囲は拡大。それでも魔法で倒せていたが――

やがて悪魔が顔を出してから倍近く扉が開いた時、とうとう魔法をすり抜け突撃をする悪魔が現れた。魔法を放ちながらも、騎士や兵士は悪魔に対し武器を向けた。

悪魔の突撃は恐ろしいものだったが、騎士や兵士は果敢に立ち向かい、まずその進撃を数人がかりで押し留《とど》めた。次いで他の騎士が刃《やいば》を煌《きら》めかせ、首を両断する。

先日の戦いで騎士達は悪魔の能力についておおよそ把握できていた。どれほどの力があれば倒せるのかもわかっており、経験とメイによる強化によって悪魔との間に存在する力の差を埋める。

結果、悪魔は倒れ伏し消滅。だが、さらに開いていく扉から悪魔が押し寄せてくる。その数はまさしく、王都を蹂躙《じゅうりん》しようとする勢いであり、ここで食い止めなければ終わると、確信させられるほどだった。

「させるか！」

同時、吠《ほ》えたのは来訪者であるオウキ。向かってくる悪魔に彼は走り、両手に握る剣を一閃《いっせん》した。

彼の剣戟《けんげき》により、敵は攻撃行動に移るより前に消滅する。だがさらに後続から悪魔が。

そこでオウキを始めとした来訪者達が、大々的に動き始める。

「町を守れ！」

エルトがさらに声を張り上げ、騎士達は果敢に立ち向かっていく。彼らの中には特級霊具未満ではあるが、退魔《たいま》の力を有する霊具の使い手もいた。彼らの攻撃はどうやら効果を発揮し、悪魔を倒すことができている。

怒濤《どとう》の数が迷宮内から押し寄せているが、今は対処できている。ここでセシルもまた動こうと、

「私も――」

声を発した、その矢先だった。迷宮の奥に、強い光を認める。

「っ……!?」

それが魔法の照射によるものだと直感した刹那、雷撃《らいげき》にも似た速度でセシルの近くへと飛来する。

「騎士セシル！」

エルトが叫んだ――その直前、セシルは握りしめる剣へ魔力を流し、剣を振っていた。思考を伴ったものではなく、半《なか》ば本能的な動きだった。

魔法はセシルの間近に到達し、剣に当たった。凄《すさ》まじい衝撃が腕を通して伝わりつつ、どうにか身をひねりながら光を、受け流す。

セシルのその行動により、光は大きく軌道が逸《そ》れ、空中へとすっ飛んでいく。そしてある程度の高さまで到達した際、陽の光にも劣らぬ発光が生じ、爆発した。

大気を切り裂《さ》く轟音《ごうおん》で周囲が満ちる。セシルはそれと共によくあれを弾《はじ》き返したと自分自身で驚愕《きょうがく》しつつ、

（グレンとの戦いを経て、私も強くなったと考えていいのかしら……？）

心の内で呟《つぶや》きながら、迷宮の入口へ目を向けた。多数の悪魔がいる中で、迷宮奥から人影が現れる。

「まさか防がれるとは思ってもみなかったわね」

――病的なほどの白い肌を持つ女性だった。武器などはないが、遠目からでもその両腕に魔力をまとわりつかせていることが理解できる。

妖艶《ようえん》、と形容すべき美貌は肌の色がより人間的であれば世の男性を虜《とりこ》にする存在だっただろう――女性が前に出ると、悪魔の進撃が止まった。

「初めましてフィスデイル王国の皆々様。私の名はレーヌ……ジャレム平原の古城にいたけれど、こうして顔を合わせるのは初めてよね？」

女性の言葉に誰も反応しない。セシルは代わりに気配を探り他の信奉者を探そうとする。

（彼女が悪魔を使役する指揮官？　であれば、他にも信奉者がいるはず――）

「ああ、言っておくけれど」

すると、女性が笑みを湛《たた》えながら告げる。

「他に私の同胞はいないわよ」

「え……？」

「残っていた同胞の数は少なかったけれど、私を除いてあの御方の供物《くもつ》となったもの」

供物――その言葉を聞いてセシルはゾクリとなった。

「生半可《なまはんか》な力を有する同胞が残っていてももはや無意味……よって、力を統合した。唯一残った私は、研究成果を認められて力を賜ることができた……そしてあの御方の指示により、迷宮の扉を開けた」

扉が完全に開ききり、なおも迷宮の奥から悪魔が多数現れる。

「扉でさえ、もうあなた達は制御できない……一応確認するけれど、降参するのであるのなら命までは取らないわ。いずれあの御方が世界を牛耳《ぎゅうじ》る。その際、あなた達には手足となってあの御方に尽くしてもらわなければならないし」

「断る」

端的に応じたのは、騎士エルトだった。彼が握る剣の切っ先が、信奉者レーヌへ向けられる。

「その力……悪魔や魔物を取り込んだものとは違う。魔神を取り込んだか」

「正解よ、騎士さん……いえ、あなたは確か迷宮を踏破した騎士、エルトだったかしら？　白の勇者はいないにしろ、フィスデイルの精鋭は居残ったわけね」

レーヌはここでエルトへ視線を注ぎ、

「魔神……ええ、その推測は正解よ。この力さえあれば、全てを破壊できるでしょう」

「既に魔神の力を宿した存在は、二人も倒れていますが」

エルトの辛辣《しんらつ》な言葉に、レーヌはやれやれといった様子で肩をすくめる。

「片方は私と関係ないわ。元々、魔神の研究は私が主導的立場をとっていた。けれど最前線で戦っていた信奉者……ザインによって、腹が立つことに再現されてしまった」

「不本意だと言いたげですね」

「私の研究内容を掠《かす》めとったのも苛立《いらだ》つけれど……ま、滅んだのだからよしとしましょう。そして、研究を進め今度はグレンに付与した。攻撃に特化した魔神をあてがったわけだけど、素の戦闘能力が皆無である以上、能力向上も限界があったわね」

「言い訳はそれだけですか？」

エルトの声にレーヌは眉をひそめる。

「言い訳？」

「あなたはどうやら自分なら、魔神の力を完璧に扱えると考えている様子。ですが、所詮《しょせん》は人間の器であり、到底扱えるものではない……あなたの研究に価値があるとは思えませんが」

――セシルはエルトの言葉に驚いた。いくら相手が信奉者であろうと、ここまで苛烈《かれつ》な言葉を示すことは今までなかった。

「挑発には乗らないわ」

彼の言葉に対し、レーヌはどこまでも冷たく応じる。

「それに、私の研究成果については私自身で証明できる……私が持つ力、その魔神の名はハイエル。人型の魔神であり、人と同じように戦うことを好んだ奇特な魔神」

そう語るとレーヌは魔力を発露した。

「卓越した魔法を操る魔神であり、私が……私こそが得るにふさわしい魔神。この力を使い、あの御方を導く……それこそ、私に与えられた宿命」

「ならば止めてみせましょう」

宣言と共にエルトと周辺にいた騎士は魔力を高める。そこでレーヌは、

「黒の勇者もいなければ、天神リュシルもいない……それで勝てるのかしら？」

「ならば挑んでくるといい。返り討ちにしてみせます」

エルトの言葉にレーヌは表情を変えた――無機質でありながら、その瞳には宿命の相手を見定めたような炎が宿る。

「いいわ、ならば始めましょう……世界を支配するべく、蹂躙《じゅうりん》してあげるわ」

悪魔達が躍動する。騎士達が動き、来訪者達も霊具へ魔力を注ぎ――フィスデイル王国王都で、人類の存亡を賭けた戦いが始まった。

第二十三章　総力戦

ユキトとカイの攻防は、最初から全力の打ち合いだった。様子見などする余裕は微塵《みじん》もなく、ユキトは溢《あふ》れ出る聖剣の魔力に対応するべく、全身から魔力を発し戦う。

聖剣と黒から純白へと変化した剣がぶつかるごとに、魔力が拡散し大気中へ満ちる。普通、魔法などの余波で魔力が拡散しても大した影響はない。しかし両者がぶつけ合っているのは強大な武具と魔神と戦った天神の魔力。濃密で戦慄《せんりつ》するその力は強烈な圧力を伴い、ユキト達が立っている場所には敵も味方も近寄ってこなかった。

「さすがだね、ユキト……！」

幾度か剣を激突させた後、カイが感嘆の声を漏《も》らす。

「その技法をジャレム平原における戦いよりも練り上げてくることはわかっていた。けれど正直、リュシルさんとディルにユキト……三つの力を融合させて戦う以上、鍛錬も時間が掛かるだろうと推測していたけれど」

「予想以上の進化って言いたいんだな？」

ユキトはカイへ挑む。白き剣が放たれ、聖剣がそれを見事受けきる。

「つまり、俺にも勝機があるって話だ」

「予想外ではあるけれど、僕だって無策というわけじゃない」

さらに聖剣から魔力が溢れる。無尽蔵にさえ思える強大な力に、ユキトは思わず顔をしかめた。

「僕はユキトの心の内が読めるよ。いくら聖剣であっても限界があるはずだと……仮に無限に力を得られるとしても、僕の体に限界が来るだろうと」

カイが剣を弾《はじ》く。ユキトはそれによって大きく後退した。

「その推測は正解だ。いくら僕であっても無限に魔力を抱えられるわけじゃない……けれど、ユキト――いや、リュシルさんでさえこの聖剣の特性は理解できていないはずだ」

「何……？」

ユキトは応じながら剣を構え直す。再び挑もうとしたが、動けなかった。

目前にいるカイの存在感。それが先ほど以上に増し、滞留する魔力が白の勇者という存在をさらに巨大に見せる。

「ユキトは聖剣に関する文献だって調べたはずだ……それを把握し、なおかつ修行を行った……やれることを全てやったと考えただろう。それは正しいけれど、聖剣の実情が文献と大きく異なっていたら？」

「……カイは、聖剣の力を余すところなく引き出せると言いたいのか？」

ユキトは問い掛ける——今まで様々な人間が聖剣を握ってきただろう。けれどカイほど扱える人間がおらず、真価を発揮できる人間は皆無だったと主張したいのか——

「ああ、その通りだよ」

「ずいぶんな自信だな」

「歴《れっき》とした事実さ。僕がなぜ、これほどまでに魔力を高められると思う？　聖剣が持つ魔力が使用者の力を増幅させる？　確かにそれもあるだろう。相性が良い？　それもまた事実だ」

その時、変化が起きた。聖剣から生じる魔力が途切れ、空間が歪《ゆが》んでいるのではと思ってしまうほどの気配が、消え失《う》せる。

「だがそれらは核心ではない……聖剣を作り上げた天神は、強大な魔神に対抗するためある機能を付与した。それは大気中に存在する魔力を取り込み、聖剣を通すことで変換するものだ」

「なっ……!?」

「これにより僕の魔力は、常に供給され続ける。ただしこの特性は非常に危険なものでもある。無闇やたらに魔力を取り込めば体にダメージがあるし、力が暴走する危険性だってある……制御するのに時間は掛かったよ。けれど、使いこなすことはできた……決戦に間に合った」

その言葉の直後だった。目の前にいたカイの姿が、消える。

目で追えない速さだった。けれどユキトは魔力で居所を探り、左手に回ったのを理解し剣をかざす。

ギィン！　と、一つ大きな金属音を上げユキトは聖剣の斬撃を防ぐ。

「さすがだ」

声がした、と思った矢先、今度は背後。すぐさま体を反転させ、目前に迫るカイの剣戟《けんげき》を、どうにか受けた。

それと共にユキトはカイの目を見る。気付けば黒い瞳の色が変わり、金色になっていた。

「ああ、これかい？」

変化に気付いたユキトに、カイはすぐさま応じる。

「力を使えば瞳がこうなり、不思議な高揚感に包まれる。もはや地上に敵はいない……そう確信させられるほどに」

再びカイが動く。またも背後に回ると察したユキトは視線ではなく魔力の流れを追いながら剣を振った。

ガキン、と一つ音がして斬撃をカイが防いだのを理解する。同時、ユキトはカイと距離を置いた。先ほど以上に間合いを取り、金色の目を持つカイを見定める。

「……聖剣が持つ機能を活用すると、そういう変化をするってことか」

「ああ、その通りだよ」

「そして、魔力を通して俺の視線や体の動きを即座に理解できるほど、感覚機能が向上していると」

「それも正解だ」

――先ほどの攻防について、ユキトも何が起こったのか理解する。聖剣の力により身体機能が向上しただけではない。ユキトが発する魔力の流れ、さらに目線などを瞬時に把握し、追い切れない角度で移動し視界そのものを切った。結果、ユキトが咄嗟《とっさ》に反応できないだけの動きをしてみせたのだ。

そしてカイは再び魔力を発露する。気配を消すのも自由自在であり、ユキトはカイの恐ろしさをこれでもかと認識する。けれど、

「……奇襲攻撃だったみたいだが、俺には届かなかったな」

「しかし多少なりとも有効な戦法にできそうだ。来《きた》るべき邪竜との激突に使える戦術かもしれない」

――彼の言葉を聞いて、ユキトは沈黙する。

「僕が言いたいことはわかったかい？」

そんな風に問い掛けてくる。ユキトは一度呼吸をして、

「……邪竜との戦いまでに、思い浮かんだ戦術を俺で試そうってことか」

「正解だ。ずいぶんと冷静だね、そちらは決戦だと挑んできたはずなのに、僕の方は技の検証をしているくらいだから」

「それで怒って突撃しても意味はないだろ」

「ま、確かに」

「それに……すぐに余裕はなくなるぞ」

カイの視線が訝《いぶか》しげなものに変わった矢先、ユキトは動いた。それは先ほどのカイみたいに——まるで瞬間移動するかのように、一瞬で背後に回る。

カイは即座に反応したが、今度はユキトが一枚上手《うわて》だった。斬撃を防ごうとする聖剣をユキトは押しのけ、そのまま体へ叩《たた》き込もうと——

「っ……!!」

短い声が聞こえた。刹那、爆発的に魔力が膨らんだかと思うとカイの体が数メートル後退していた。

「……そちらも、手を抜いていたと？」

カイは尋ねるが、

「残念だけどそんな良い理由じゃない。最初から全力だけど……リュシルさんの力が馴染《なじ》み、ディルの魔力と連携するまでにちょっとだけ時間が掛かるってだけだ」

「まったく……侮《あなど》っていたわけじゃないが、僕自身心のどこかに油断があったのかもしれないな」

聖剣の力が高まり、ユキトはもう奇襲は通じないと悟る。

「さすがにこれ以上、検証をしている余裕はなさそうだな……けれどユキト、今のは最大のチャンスだったんじゃないかい？」

「ああ、手傷を負わせる好機だったのは事実……だが」

言い終えぬ内だった。カイの横手から光が現れ、彼は即座に剣を振りそれを弾《はじ》き飛ばした。

光の発生源は、アユミの放った矢。交戦しながらもカイへ攻撃を行った。

「カイはたった一人だけど、俺は仲間がいる」

「大規模な魔法を使わせないため乱戦を選んだけれど、四方八方で敵味方入り乱れている以上、あらゆる位置から攻撃を仕掛けてくる……というわけか。狙っていたのかい？」

「意図したわけじゃない。でも、この状況なら援護が来る……そう思っただけだ」

会話の間に今度は上空から飛来する魔力の塊。ツカサの魔法であり、カイは即座に逃《のが》れようとした。

そこでユキトは動く。カイの意識が一瞬、上へと向いた。それは隙《すき》と呼べるようなものではなかったが、超速戦闘できるユキト達にとっては、剣を差し込めるだけの余裕を生んだ。

カイが視線を戻した時、ユキトの剣が振り下ろされた。カイはまず聖剣でそれを受けたが、上空から飛来した光が彼の頭上へ到達し、飲み込んだ。

ユキトはすぐさま後方へ足を移す。魔法は当たったが、傷を負わせたとは思っていない。だが攻撃を当てる——それによってカイは多少なりとも動きを鈍《にぶ》らせる。今のユキトにとって空白の時間は貴重で、次の攻撃準備ができる。

ディルへの魔力収束は一瞬で、一呼吸して準備を整える。その瞬間、光が弾けカイがユキトへ向け迫った。

聖剣に収束した魔力が差し向けられる。彼の剣を受ければ攻撃は中止せざるを得ないが、食らえばその時点で終わりとなる以上、選択肢は一つしかなかった。

けれどユキトが剣を盾《たて》にするよう構えた瞬間、視界にある人物が映った。カイの背後に回ったその人物に相手もまた気付いた様子だったが、剣を振り抜く余裕はなかった。

刹那、現れた人物——ヒメカの回し蹴りがカイの右肩へ叩《たた》き込まれた。魔力を大いに集中させた一撃だが、カイにとってダメージはないはず。しかし、体をぐらつかせるほどの衝撃を与えることには成功し、聖剣がユキトへ届くより前に、勢いをなくした。

「——はあっ！」

ユキトは声を張り上げ、剣を振り抜いた。タイミングは完璧であり、いかにカイとて避けるだけの余裕もない。一方でヒメカは既に彼の間合いから脱し、距離を置いている。

カイはそれでも回避に転じたが、ユキトの剣をかわすことはできず、衣服に刃が食い込み鮮血が舞った。

（攻撃は通用する……！）

ユキトはそう理解しながら足をさらに前へと出した。無理な回避行動をした結果、カイは対応が遅れている。もしここで決着をつけられるのなら、という目論見《もくろみ》を携え、追撃を仕掛ける。

それにカイは聖剣を握りしめることで応じた。即座に爆発的な魔力が膨らむと、カイの体へと収束される。そこでユキトはまずいと直感した。しかし、動きを止めることができない。

今度はユキトが追い込まれる番だった。勝機だと考え強引に踏み出した足はカイから距離を置く選択肢を作れない。

このまま激突すればどうなるのか。最悪の結末が頭をよぎりながらも、ユキトは前進することを選択した。中途半端な動きこそ、カイの思うツボ。であれば、あえて前に出る。それしかないと判断し――

その時だった。いよいよユキト達が肉薄するという段に至り、炎が舞った。それはカイが握る聖剣にまとわりつき、紫色をしている。

レオナの炎だ、とユキトが気付いた時、聖剣の刀身に炎が湧き上がった。見ればレオナが背後に立って斧《おの》を振る様子が見えた。彼女の攻撃もカイには通用しないが、せめて聖剣の力を抑え込めないか、という目論見が透けて見えた。

炎が舞い上がったのは一瞬。すぐさまカイは聖剣に力を注いで紫色の火を消した――が、カイは目を見開いた。

「何……!?」

声の直後、ユキトが剣を一閃《いっせん》した。カイは即座に反応して剣をかざし、互いの刃《やいば》が激突。ユキトは先ほどと比べてずいぶんと軽い剣だと思った。

カイが声を上げた原因――それは紫色の炎によって、聖剣に注がれた力の一部が消えているためだ。レオナの炎とカイの力がぶつかり、相殺《そうさい》された。

もっともそれは微々たるもの。すぐさま魔力を収束すればあっさりと元に戻る程度。しかし、刹那の攻防を繰り広げる現状では、微々たる変化であっても天秤《てんびん》が釣り合うような状況を傾かせるには十分すぎた。

この攻防はユキトが勝利した。聖剣を押しのけ、再びカイの体に剣戟《けんげき》を叩《たた》き込む。それは決着がつくほどの一撃にはならなかったが、カイの体に再び鮮血が生じた。

だがこれでも彼の表情に変化はない。

(痛みなどを抑え込むような処置をしている?)

ユキトは疑問に思いながらさらに足を前へ。二度目の剣は一度目と比べて深く入った。カイであれば傷を塞《ふさ》ぐ魔法なんてものは容易《たやす》く扱えるはずだが、それを使う暇さえ与えなければいい――

カイがユキトの接近に反応し、高まる聖剣の力。荒れ狂う魔力が周囲に流れ、肌がピリつくような感覚さえ生まれる。もし魔力によって体を保護していなければ、気絶するかもしれない。

迫るユキトに対しカイは剣を構え直す。衣服の一部分が紅《あか》く染まる中、表情一つ変えぬまま応じようと動く。

しかし、その視線はユキトだけに向けられているわけではなかった。ヒメカ、レオナと妨害が続いた以上はまだ何かある。先ほどのようにアユミが矢を放つのか、それとも別の仲間が援護をするのか。

「――うん、この戦法なら僕に有効だな」

そうカイが呟《つぶや》くと同時、再びユキト達は鍔《つば》迫《ぜ》り合いとなった。

「僕は魔物や悪魔との連携は難しい。そもそも戦力的に仲間達を食い止めることはできてもユキトの邪魔をすることは無理だろう」

カイの目は、どこか仲間達の奮戦を慈《いつく》しむようだった。

「さっきユキトは言っていたね。意図した動きではないと。もし事前に打ち合わせで決めていたとしたら、視線などで多少なりとも予測はできただろう。けれど今の攻防はユキトの動きで読むことはできない……仲間達がどこまで考えた上で動いているか不明だけれど、戦術としては見事だ」

「……それでも、勝利は揺るがないと言いたげだな」

ユキトの指摘にカイは口の端を少しだけつり上げ、笑うことで反応した。

「そうだね。出血したのは手痛いけれど、戦闘中であっても簡単な治療はできる」

彼の言葉通り、傷口からはもう出血していない。

「これは僕自身が聖剣の力を使ったわけじゃない。言わば自動再生みたいな機能さ」

「多少の傷であれば、何もしなくていいのか」

「そうだね……ここまでは上手《うま》くやったと認めていい。ではそろそろ、反撃させてもらおう――!!」

カイの力がさらに高まり、ユキトを押し返した。そして発した魔力を一気に聖剣へと凝縮し、渾身《こんしん》の一撃を加えようとする。

「リュシルさん、ディル！」

ユキトはまともに食らえば終わると直感し、最大出力で応じようと決意。途端、ユキトからも魔力が生まれ、それが刀身へと収束していく。

双方が剣を放ったのは同時であり、まるで攻城戦のような勢いだった。もはや魔力は他の者達がどうにかできるレベルを超越していた。周囲の騎士や仲間達は、目前にある光景こそ、魔神と天神が争っていた古代の戦いなのだと思ったかもしれない。

双方が全力で振り絞った剣は噛《か》み合い、ギリギリと軋《きし》んだ音を上げる。そうした中でユキトは直感する——この攻防、たとえ押し返してもカイへ剣を叩《たた》き込むだけの余裕はない。それどころか攻勢に転じれば明確に隙《すき》が生まれる。

しかし防戦に徹しても突破されるだろう。かといってこのままの状況を維持しても間違いなく勝てない。

ユキトは負ける未来を変えることができない。残る可能性は仲間達からの援護だが、膨大な魔力を突破することが困難な状況。

ならば、とユキトは必死に考える。残された時間はほとんどない。残り数秒でカイは動き出すだろう。それまでに何か——

その時、視界の端で何かがよぎった。それが何であるか察するより先に、カイの表情が変化する。

「——何？」

彼が放った小さな呟《つぶや》きを耳にすると同時、聖剣の力がわずかに弱まったとユキトは確信。直後、決断し足を前へと出した。

それはレオナが放った炎のように魔力が減じたわけではない。明らかに物理的に——つまり、カイの腕か何かに攻撃が当たって、力が弱まったのだ。

どういう原因なのかを理解するより先に、ユキトは突貫の声を上げながら聖剣を弾《はじ》き、三度目の剣戟《けんげき》を、当てた。再び舞う鮮血と共に、今度こそカイの表情が曇った。

「ぐっ……!?」

　完全に予想外という表情であり、それ以上にカイ自身予測できていなかったという後悔の念が混ざったうめき声だった。

　ユキトは即座に後退する。体勢を整え、どうにか落ち着きを取り戻していると、ある人物が横へとやってきたのを見て、何が起こったのかを理解した。

「ダイン……無茶をする……！」

「そのくらいのことをしなければ、勝てない相手だろう？」

　――彼が持つ霊具『次元刀《じげんとう》』が原因だった。あらゆる攻撃をすり抜けて移動できるという特性を活かし、暴風と呼べる魔力の渦《うず》へ飛び込み、カイの右腕へその刃《やいば》を走らせた。結果、聖剣を握る腕の力が弱まりユキトは一撃決めることができた。

　ダインが城を訪れた時、霊具の特性上攻撃するには一度すり抜ける能力を解除しなければならなかったはずで、先ほどの攻撃も本来は決まらなかった。けれど彼もまた霊具の修練を重ね、ほんの数瞬ではあるが、刃だけ能力を解除することができるようになった。

「ただ、わかっていると思うがもう通用しないぞ」

「そうだな。カイはやられた攻撃の対策はすぐに立てる」

　カイは厳しい目を向けながら剣を構え直していた。既に三度目の剣戟《けんげき》による出血は治まっていたが、ユキトの腕には確かな手応えがあった。

「……出血と共に、魔力も減っているはずだ」

「ああ、その通りだ」

ユキトの指摘をカイは認める。

「傷は塞《ふさ》がるけど、斬られたことで外へ出る魔力もある。三度攻撃を受けた以上、影響が大きいのは事実だ。これで多少なりとも、ユキト有利に傾いたかな？」

ユキトは無言。一方でダインは能力を再度行使し移動を始める。

「ただ、ユキトもわかっているはずだ。同じ戦法は通用しない。ヒメカとレオナの動きを警戒し、ダインの攻撃については魔力を増やして刃《やいば》を受けても問題ないようにする。彼の霊具は極めて特殊だけど、その攻撃力は高くないからね」

語りながらカイは聖剣を握る右腕に魔力を集め始めた。

「ここまでは作戦勝ちだ。けれど、ここからひっくり返してみせるよ……この場にいるみんな全てを斬って、ね」

「カイ……」

名を呼びながらもユキトは嘆くことはなかった。もはや戻れない――そう確信すると同時に、自分の決めたことを思い出す。それはカイを――

「決着は、まだ先になりそうだな」

「そう思うかい？　僕は否定的だ……ユキト達は綱渡りのような攻撃を仕掛けている。打

ち合わせのない連携は僕に動きを予測させないというメリットはあるけれど、多大なリスクもある。ここまでは上手《うま》くいっているけれど……戦いが進めば、状況も変わる」

ユキトは彼の言葉を認めるしかなかった。ヒメカもレオナも――他の仲間やダインだって奮闘している。しかし、全力でやってどうにか戦えているだけだ。

カイに手傷を負わせることができているが、今までの攻防で成果を得られなかったならば、敗北する未来しか待っていなかっただろう。つまり傷を負わせてどうにか、勝ちの目を維持している。

周囲の戦いはまだ混沌《こんとん》としている。確実に魔物も悪魔も減っているが、均衡状態であり、騎士などが支援に回る状況ではない。

「全てを支配するための、大きな試練だな……ユキト、覚悟はいいかい？」

一歩、カイが踏み出す。ユキトも呼応するように一歩足を前に。

双方の魔力が再び大気に満ちる。同時、仲間達もまたユキトを援護するべく、自らの魔力を高めた。

＊　＊　＊

迷宮から出てきた悪魔は信奉者レーヌの指揮によって理路整然と動いていた。統率が取れた悪魔の動きに騎士達は苦戦し、レーヌは悪魔の軍勢の後ろに隠れ、魔法によりセシル達へ攻撃を行う。

「くっ！」

レーヌから放たれた光の槍《やり》を、セシルは剣で弾《はじ》き飛ばす。しかし目前には悪魔の姿。断続的に飛来する信奉者の魔法に気を取られ、集中できない。

「大技を仕掛けるタイミングを計っているみたいだ」

そんな中、セシルの近くで戦うオウキが声を上げた。

「魔神の力を取り込んだ以上、魔法だって強大になってもおかしくないはず。なのに、現時点で信奉者が使用するのは光の槍や火球といった規模の小さいもの。もちろん魔法の威力は大きく、セシルくらいの力がない限り避けるしかないけど」

「何か準備中ということかしら」

「そうだね……魔神の力を宿したとはいえ、レーヌという信奉者は前線に出ていない。魔法主体に戦うという姿勢だけど……確実に狙いがある。僕達としては、とにかくあの信奉者を倒さなければ勝利はない」

「なら答えは一つね」

セシルの言葉にオウキは頷《うなず》いた。

つまり、強引に悪魔を突破してレーヌへ挑む。無論リスクはある。失敗すれば、敗北が確定するほど危機的状況に陥るだろう。

そして現状では突撃するチャンスすら見いだすのが難しかった。際限なく出現する悪魔。そして断続的に放たれるレーヌの魔法。騎士達は奮戦し、なおかつ後詰めの騎士も来ているが、如何《いかん》せん悪魔の方に勢いがある。

来訪者を含め全員が一丸となって対応しなければ悪魔が王都内をうろつくことになってしまう――かといってこのまま戦線を維持しても先はない。ならばどうすべきか。

セシルは霊具の力を引き出し、接近する悪魔へ挑む。漆黒《しっこく》の剣を握る騎士風の姿をした悪魔の攻撃をいなし、首を狙って一閃《いっせん》する。

霊具の成長により魔力を大いに乗せた斬撃は、悪魔の首を両断し消滅させる。オウキもまた二振りの剣で存分に敵を倒す――が、そうして悪魔を圧倒できる存在は少なく、退魔《たいま》の霊具を所持する人員も限りがある。倒す速度よりも迷宮入口から出現し続ける悪魔の数が上回り、少しずつ悪魔の圧が増していく。

(この状況を打開する方法は……)

セシルは剣を切り結びながら思考する。強引に突撃をするにしても、来訪者達は悪魔の進撃を食い止めるために散開している。これを呼び戻し攻撃する間に、間違いなく悪魔達は王都を蹂躙《じゅうりん》してしまう。

一度結界などを構築し、悪魔の動きを制限するやり方もある――が、現在は後方にいる宮廷魔術師も総出で魔法を撃ち対応している状況。これが崩れれば途端に窮地《きゅうち》に追いやられるだろうし、そもそもレーヌにより破壊される可能性が高い。

（現状を維持するだけでもかなり大変な状況……だけれど、時間が経って良い方向に進むとは思えない……！）

戦いはまさしく戦争と呼べるものへと変化している。セシルが悪魔を斬る間にも信奉者レーヌが魔法を放ち、騎士が幾人も吹き飛ばされる。

もし、一気に形勢を傾かせる出来事があるとすれば、ベルファ王国とシャディ王国の援軍か。急いで向かっているはずだが、この戦いに間に合うのかどうかわからない。

「騎士セシル！」

その時、エルトが近づいてきてセシルの名を呼んだ。

「大丈夫ですか？」

「ひとまずは……けれどこのままでは――」

「わかっています。状況を打破するためには多少無理矢理にでも信奉者を討ち取らなければなりません」

セシルは、エルトが何が言いたいのかを察した。

「騎士総出で敵の進撃を食い止めます。騎士セシル、あなたは来訪者の方々を引き連れ信奉者レーヌを打倒してください」

極めて困難な戦いであることは容易に想像できた。信奉者となり魔神の力を持ったグレンとの戦いでは作戦が功を奏し一対多数という状況に持ち込めた。だが今回は乱戦であり悪魔と交戦しながらの戦いになる。

エルトとしても分の悪い賭けだとわかっているはずだ。けれど、他に方法がない――このまま戦い続けてもいずれ破局を迎えてしまう。他国からの救援に望みを託す、というやり方はそもそも来るのかわからない以上、現実的には彼が提案した手法しかない。

「時間が経てば突撃する選択肢はなくなる。今しかないでしょう。そして騎士セシル、あなたにしか託せない」

「……わかりました」

セシルは頷《うなず》き、近くにいたオウキに目配せをする。会話を聞いていたようで、彼は頷き仲間へ指示を出した。

そうした中で後方支援役のメイについては――セシルが振り返ると、彼女は歌を中断し指示を待っていた。

「私は、どちらを助ければいい？　ジャレム平原の戦いから色々検証して、歌には指向性を持たせることができるんだけど……」

「つまり、信奉者を倒しに行く私達へ向けて歌えば……」

「うん、セシル達を優先的に強化できる」

　それは非常にありがたい――が、

「騎士エルト、悪魔を食い止める戦力としては……メイの助力が必要ですね？」

「そう、ですね……来訪者メイ、騎士達を中心に強化を施してください。それで戦線を維持します。騎士セシル、後方は必ず持ち堪《こた》えます。だから、思う存分戦ってください」

「はい」

　会話の間に来訪者達はオウキの近くへ結集していた。直後、相手もその動きをつかんだか悪魔の動きを変える。

　それと同時にセシル達は動いた。次いでメイの歌が戦場全体を――王都を震わせた。

　時間との勝負――メイの強化があっても悪魔は強い。騎士達が耐えられる時間は決して長くない。だからこそ、この作戦で仕留めなければならない。

　魔法が飛来する。セシルは軌道を見極め、剣で弾《はじ》き飛ばした。

「接近を最優先に！　まずは信奉者へ肉薄する！」

　その言葉によって、オウキ達の動きに鋭さが増した。各々《おのおの》が持つ霊具から魔力が噴出し、悪魔を倒していく。先頭にいるのはオウキとセシルに加えて接近戦を得意とする来訪者数名。さらに後方から魔法の援護もあり、驚くべき速度で信奉者へ接近する。

　順調ではあるが、セシルはむしろ警戒を強くした。魔神の力を得た信奉者レーヌだが、ここまではあくまで小規模な魔法を放つだけ。もしや接近することで何かあるのではないか――こちらを誘い出すために、あえて小規模な魔法を使っているのではないか。

そんな推測を抱いた時、セシルは見た。オウキ達が近づく中で、信奉者レーヌは、笑みを浮かべたのを。

「――それじゃあ、改めて始めましょうか」

刹那、後方から魔力。セシルが一瞬だけ振り返ると、自分達と後方を分断するように、半透明な白い壁が生まれていた。

「結界……!?」

「配下である魔物だけすり抜けることができる特別な結界よ。これで、来訪者の大半は引きつけることができたわね」

セシルは周囲を見回す。レーヌが発した通り、魔物達は何もないかのように白い壁を通り抜けている。

だが――来訪者の一人が魔法を放つ。それは結界に着弾したが、ビクともしなかった。

「さっきも言った通り、私が得た魔神は魔法を操る……しかも人間には到底扱えない高度な技術で。あなた達に魔法を向けながら別の魔法を編み、発動させる……今やってみせたのは、そういう技法よ」

策が成ったためか、レーヌの顔には妖《あや》しい笑みが作られた。

「来訪者……そして騎士セシル。黒の勇者の仲間とパートナーであるあなた達を始末できれば、この戦いは勝利したも同然でしょう」

「総大将が引きつけて仕留めるってことか」

オウキがレーヌと対峙《たいじ》しながら口を開く。

「ずいぶんと無茶な計画だね」

「そうかしら？　あなた達を倒せる公算があるのなら、有効な策だと思わない？　何しろ、無駄に戦力を失わずに済む」

結界の向こう側では戦いが続いている。とはいえセシル達が走り出す前と比べても戦線が広がっている。

「歌により強化する力を持つ来訪者……メイ、だったかしら？　彼女の能力は確かに強力で、私としても警戒を要する力の持ち主だけれど、失敗したわね。後方支援として……何より、騎士を強化するために置いてきたようだけど、それが最大の敗因となるわ」

「メイがいないことで、だって？」

オウキは魔力を高めながら問い返す。既に臨戦態勢であり、今にも飛びかかりそうな雰囲気だ。

けれど、そんな様子の彼に対しレーヌは涼しい顔で応じた。

「気付いていないの？」

何を、とセシルは問い返さなかった。なぜならこの段に至りわかったためだ。

結界の向こう側――エルト達が食い止めている場所の音が、何一つ聞こえてこない。結界はあくまで壁であり、セシル達を囲っているわけではないが――後方の音を吸収しているらしい。

「彼女と共にここに来れば強化の恩恵を受けられたでしょうに」

セシル達は無言で霊具を構える。敵としては作戦通りらしいが、だとしても士気が下がることはない。むしろ、負けるわけにはいかないという感情が働き、戦意が上がる。

「……ま、この程度で怯《ひる》むような人達ではなかったか。ともあれ分断は果たした。あとは、蹂躙《じゅうりん》しましょう」

刹那、レーヌは右手をかざした。それと共に生まれる光。魔法だ、とセシルが直感すると同時にオウキを含めた数人の来訪者はレーヌへと間合いを詰めた。

「さすが、臆することなく前にくるとはね！」

レーヌは嬉々《きき》として叫んだ。直後、魔法が炸裂《さくれつ》し光と轟音《ごうおん》が周囲を包んだ。セシルは魔力を探り敵の位置を確かめながら、周囲にいる悪魔達が近づくのを把握する。

「信奉者への攻撃は私とオウキが！　他のみんなは迫る悪魔の迎撃を！」

視界が利かない中でセシルが指示を出すと、来訪者達は動き出した。迫り来る悪魔達を来訪者の面々が倒し始める中、セシルはオウキ、そして彼を取り巻く複数の仲間と共にレーヌへ挑む。

信奉者は笑みを浮かべ迎え撃つ構えを見せており、この状況もまた想定通りという風に見える。セシルは表情や立ち振る舞いに薄ら寒いものを感じながら、間合いを詰めた。

レーヌが再度、手をかざす。手先から光が生まれ、魔力の塊と化して放たれる。それに対抗したのは先頭に立つオウキ。彼の剣が光と激突し、魔法の軌道が逸《そ》れて空中へ飛んでいく。

「さすが、と評価しておきましょう」

レーヌはどこまでも余裕を見せ、いよいよオウキが信奉者へ向け刃《やいば》を振り下ろす――

「けれど、一つ大きな過ちを犯している。私は魔神となり、その力を完璧に制御している。故に」

オウキの剣をレーヌは左腕で受け――ガキン、と一つ音がして剣が止まる。

「単なる霊具の力なんて、通用しない」

剣を防いだ腕に魔力が集まる。魔法だ、とセシルは直感し、何もかも間に合わないと悟った。オウキを含め、周囲にいた仲間達が犠牲となる――セシルは何かできないかと駆け寄ろうとした。けれど、全てが遅い。

その中でいち早く動いたのは、オウキの隣にいた来訪者の男性だった。

「――オウキ、必ず勝てよ！」

そう叫んだ彼はオウキと周囲にいた仲間を風の力によって押しのける。彼が握る霊具は翡翠《ひすい》のような色合いをした剣であり、その力によって仲間を強引に弾《はじ》き飛ばす。

刹那、レーヌの腕から魔力が迸《ほとばし》り、魔法が炸裂《さくれつ》する。今までとは明らかに違う威力であり、光は来訪者の体を飲み込み、吹き飛ばした。

誰かが悲鳴に近しい声を上げる。セシルも頭を揺さぶられるような激情を抱きながら、来訪者を見た。

地面に体が落ち——彼は動かなかった。仲間の一人が駆け寄るが、無念そうに目を細めるだけ。

「驚いたわ」

そうした中、レーヌは興味深そうに声を上げる。

「さすが来訪者といったところかしら。まさか魔法を受けて体が消滅しないなんて」

セリフと同時、オウキはまたも踏み込んだ。セシルの目には、明らかに先ほどとは違う憤怒《ふんぬ》の気配が見て取れる。

「さあて、次は誰が犠牲になるのかしらね？　それとも、降伏する？　おとなしく言うことを聞いて我らが主《あるじ》に忠誠を誓《ちか》うのであれば、見逃《みのが》してあげても——」

語る間にオウキの剣が放たれた。しかしレーヌはあっさりとそれを右腕で受け、

「さっきから無意味だと言っているはず——」

話はそこで終わらなかった。オウキの剣は強引にレーヌの腕を押しのける。これは相手

も予想外だったか、わずかに目を見開いた後、後退した。

けれど彼の執念が届き、刃《やいば》が信奉者の腹部へと当たる。それで痛みを感じたかレーヌは苦い表情を示した。

「……気が変わったわ。お前達は皆殺しね」

「最初から問答する気はない」

オウキは冷厳に応じると、両腕の剣へ魔力を注ぎながら語る。

「ここで必ず滅ぼす」

「……できるものなら、ね」

レーヌから魔力が発せられ、それが渦《うず》を巻くように彼女へと収束していく。先ほどと同様、圧倒的な力による蹂躙《じゅうりん》を目論《もくろ》んでいる。

一方でオウキを始めとした来訪者達は怯《ひる》むことなく、霊具に魔力を叩《たた》き込み臨戦態勢に入る。仲間の仇《かたき》を討つために——例外なく力を高めたことにより、周囲にいる悪魔でさえ警戒を示し動かなくなった。

レーヌは表情を戻し、魔神の力を発揮し迎え撃つ構え。魔神の力と霊具の激突——セシルはついていけるかと自問し、やらなければならないと剣を強く握りしめた。

一分にも満たない時間、双方が沈黙し攻撃するタイミングを窺《うかが》う。そうした均衡を崩したのは、オウキの言葉だった。

「……みんな、覚悟はいいか？」

誰も声を発することはなかったが、セシルを含めこの場にいた者達は全員理解した。覚悟——死ぬ覚悟で、挑まなければ勝てないと。

「必ず、僕が斬る。だから、ついてきてくれ！」

同時、周辺にいる悪魔達が咆哮《ほうこう》を上げ動き始めた時、オウキが先陣を切り信奉者へと挑み、セシルは追随した。

＊　＊　＊

ユキトとカイの死闘は勢いが衰えることなく続いていた。だがカイの際限なく高まる魔力によって、仲間達も援護が一切できないという状況になってしまった。

「っ……！」

ユキトは聖剣を防ぎながら反撃に出る。しかしカイへ攻撃が届くことはなく、戦況は一進一退だった。

悪魔はなおも出現し、それを仲間や騎士達が対処し続ける。確実に数を減らしているはずだが、それでも森の奥から出現し襲い掛かってくる。

「……これほどの悪魔、邪竜は相当な戦力を預けたというわけか」

一度距離を置きながらユキトは呟《つぶや》くと、カイは微笑を浮かべた。

「当然、ユキト達はそう思うんだろうね」

「……何？」

「無限とも思えるほどに押し寄せる悪魔達。作戦を成功させるために邪竜が力を注いで用意した戦力と考えるのが妥当だけれど、実際は違う」

ここでユキトは、視界の端で新たな悪魔が森から出現したのに気付く。

「邪竜にとってこの数は、多いわけじゃないんだよ」

その言葉を聞き、ユキトの感情がざわついた。

「多くない……だと？」

「ここにいる魔物は、邪竜自らの魔力によって生成されたもの。確かに大きなものであったし、配置された戦力は相応の数だけれど、あくまで邪竜が保有する力の一部でしかない」

カイが語る間に森からなおも悪魔が。それを受け騎士や仲間達は奮戦するが、疲労などによって少しずつ連携に綻《ほころ》びが生じ始める。

「こうやって、邪竜の魔力を持つ悪魔が地上に現れるまで紆余曲折《うよきょくせつ》あった……迷宮本来のルールでは、迷宮内の魔物は外に出ることができない。邪竜は外部の存在であったため、ルールを無視できたけれど同時に問題も発覚した。邪竜は迷宮の支配者となってしまったため、とある条件を達成しなければ外へ出られなくなってしまった」

「それが、迷宮の扉を開けることか」

ユキトの言葉にカイは首肯《しゅこう》する。

「迷宮の支配者が持つ、概念的な特性と言えばいいかな？　外部の存在でありながら迷宮の支配者となった邪竜は、転移魔法さえ構築できたし、自分の意思や分身を外へ出して配下に指示を出すことや簡単な戦闘はできたけど、本体が出ることは叶《かな》わなかった……だからこそ、策を練った」

「全ては、外へ出るために……」

さらなるユキトの呟《つぶや》きに対しても、カイは深々と頷《うなず》いた。

「順を追って説明しようか。迷宮の外から入り込んだ小さな竜は支配者となり、巨大な体《たい》躯《く》を持つに至った。けれど物理的にも、概念的にも迷宮の扉を開けなければ外へ出られない……そこで、邪竜は自身が生み出した魔物や使い魔などは外へ出せることを利用し、外の人間に協力を求めた。それが信奉者だ」

そこまで語るとカイは口の端をわずかに歪《ゆが》め、微笑《ほほえ》んだ。

「邪竜が侵攻を開始する前、迷宮は第七層まで攻略されていた。それより上は結界によって人間の勢力下にあったけれど、そこまで深く潜り込んでいるのなら、迷宮にいる人間に使い魔でも寄生させれば、容易に外とコンタクトを取ることができる……そこから様々な誘惑手段を使って、国家の切り崩しを図った」

「それは見事に成功し……その結果が、俺達が召喚される寸前の状況」

ザインの手によって、今まさに迷宮の扉が開け放たれようとしている状況をユキトは思い出す。だが、

「……そうした中で俺達は召喚された。カイは聖剣を用いて戦ったわけだが、現状を考えればそれも邪竜の台本通りというわけだろ？　わざわざ有利な状況を捨ててまでやることだったのか？」

「切り崩しを行う間に、邪竜は霊具の特性を知った。結果、外へ出たとしても人間に負けるだろうと断定した。迷宮の支配者はいつだって打倒され人間が『魔紅玉』を手にしてきた。だからこそ、その結末を変えるため、聖剣の力を得ようと考えた」

カイは一瞬聖剣を見た後、すぐさまユキトへ視線を戻す。

「聖剣を扱える人間を取り込み、天神の力を得る。それこそ、この世界で誰も覆《くつがえ》せない究極の存在となる方法……そうした結論に至り、ただ外へ出るためだけではなく、力を得るために行動を始めた」

カイはさらに語る。そしてユキトは無言となった。

「けれど単純に聖剣を取り込むだけではダメなこともわかった。聖剣を扱える……それも、完璧に扱える人間が必要だった。聖剣を使いこなす技術を得た者を取り込むことで初

めて、魔神の力を持つ自分が聖剣を携えることができる……世界を蹂躙《じゅうりん》したのは、いずれこの世界に現れる聖剣所持者を強くするためだ。戦いを通し、聖剣を自在に扱えるようにするべく……見事邪竜は目的を達成し、取り込める準備が整った。あとは僕か邪竜……どちらが世界を支配するのかを決めるだけとなった」

「最後はカイと邪竜の決戦になると？」

「そうだ。そこに至るための作戦が今だ。先日、とうとう迷宮の扉を開けることができた。わずかな時間でも開いたことで、この場所に魔力を寄越《よこ》すことに成功した」

カイが接近する。ユキトは即座に応戦するが、

「邪竜が目的を達成するには、僕に勝ってもらわなければならないからこそ、戦力を提供したというわけさ」

カイはさらに剣を薙《な》ぐ。ユキトはそれを防ぎながら、どうにか反撃の糸口を探り続けるが――聖剣は輝き、勢いを増していく。

その間にも悪魔が続々と出現する。戦いは終わるどころか、ここに来てユキトは戦況が悪化していくのを悟る。

「無論、扉が開いた時間は短期間だった。魔神の魔力は凄《すさ》まじく、それでも十分すぎる悪魔を生み出せるだけのリソースとなったけれど、限度はある。ここへ来る戦力次第では、足らないかもしれなかったけれど……現状だと十分のようだ」

剣を交わし続けるユキトは次第に自分も劣勢になっていくのを理解する。どこまでも続く戦いによる肉体的な疲労。加え、戦況の悪化による精神的な疲弊——絶望するな、とユキトは心の中で念じるように呟《つぶや》く。負ければ、全てが終わる。

「ユキトも限界が近づいているようだね」

だがカイはあらゆる状況をつぶさに把握している。

「僕を倒せば戦況はいくらでも変えられるだろう。それは紛《まぎ》れもない事実だ。しかし、それを成すことがどれだけ困難なのかは身にしみてわかっているはずだ」

カイは聖剣を振るい続ける。先ほどの負傷すらなかったかのような動きであり、攻撃が成功した優位性は消失している。

ユキトはそうした中でも全力を振り絞り戦う。しかし、長期戦は不利にしかならない。早く勝負をつけなければまずい、という焦りにより状況はさらに悪化する。

(届かないのか、これでも……！)

やれるだけのことはやったはずだった。ディルもリュシルも最高の仕事をしてくれた。可能な限りの戦力を整え挑んだが、それでもまだカイに勝てない。時間が経てば経つほど、勝つどころか今の攻防を維持できるのかさえ怪しくなっていく——

「っ！」

聖剣が差し込まれた。ギリギリ回避したが、続けざまの剣戟《けんげき》もユキトの体を掠《かす》める。

徐々に追い込まれており、このままでは悲劇的な未来が待っているのだと確信する。

だからこそ打開策を考え出さなければならないが、それをするだけの余裕がない。カイの攻撃に応じるだけで、精一杯だった。

再び剣が差し込まれる。それもどうにか回避したが、先ほどよりも厳しい。

終わりが近い――ユキトは歯を食いしばり、反撃に転じた。無理な姿勢からではあったが、半《なか》ば強引に一閃《いっせん》する。

悪魔を瞬殺するその斬撃を、カイは涼しい顔で受けた。そして即座に切り返され――攻撃をする時間と余裕がなくなっていく。

なおかつ周辺の状況は刻一刻と悪化の一途を辿《たど》っている。レヴィンが霊具の力によって悪魔の数を一気に減らすが、一度に倒せる数が少なくなってきた。ラオド達も奮戦しているが、現状維持が限界でありユキトの戦いを援護する状況にない。

だからこそユキトは、勝つために――裏をかくしかない。

(でも、カイがそれを阻《はば》んでくる――!!)

ユキトは歯を食いしばりながら聖剣と相対する。

「ディル、リュシルさん、まだいけるか……！」

『私は大丈夫』

『ディルも平気……だけど――』

迫る聖剣とディルが激突し、魔力の渦《うず》が発生。

『これが、聖剣……』

ディルはカイの戦いぶりを目の当たりにして少なからず畏怖《いふ》を抱いている様子だった。リュシルも言葉は発しないが、予想を遙《はる》かに超えた力だと認識しているのがユキトにはわかる。

「限界知らずだな、カイ」

「そう思うかい？　もちろん、僕にも限度はあるさ。けれど、この聖剣……力の本質を誰もわからなかったからこそ、力に際限がないと考えてしまう」

カイが接近する。ユキトは対抗するべく力を入れたが——その動きは、明らかに鈍《にぶ》かった。

（疲労している……!!）

「さすがに疲弊してきたね」

ユキトが発した身の内の言葉を、カイはすぐさま把握する。

「僕の方は邪竜との戦いもある。ここで終わらせてもらおう」

カイの剣が放たれた。瞬間的にユキトは避けられないと悟り——その直後、目の前に黒い影が現れた。

「このっ！」

ガキン、と一つ音がした。その影の正体は、援護に来た仲間、シュウゴだった。強引に

離脱してここへ来たのか、腕や足からは出血しており——ユキトは思わぬ状況に半《なか》ば呆然《ぼうぜん》となった直後、

「ユキトは強いんだ——自分を信じろ！」

カイが聖剣を引き戻す。それを見てシュウゴは足を前に出した。

傍《はた》から見れば無謀な行為。だがそれは、ユキトに少しでも余裕を与えるべく実行した決死の時間稼ぎだった。

圧倒的な聖剣の魔力に臆することなく、彼自身が霊具のように鋭い槍《やり》となって突撃していく。その結末は、戦場にいる誰もが瞬時に理解したことだろう。

「——シュウゴ！」

ユキトが我に返り名を叫んだ瞬間、聖剣がシュウゴへ向け振り下ろされた。彼はそれでも止まることなく、槍が放たれ、双方の霊具が、互いの体に直撃した。

「あ——」

ユキトが呟《つぶや》いた時、全てが終わっていた。カイの剣はシュウゴの体を通過し、鮮血が舞う。そしてシュウゴの槍は——当たりはしたが、カイの肉体へは届かなかった。

「——邪魔だ」

カイは一言発すると魔力が生まれ、シュウゴの体が吹き飛んだ。ただなすがままに彼の体は地面を転がり、ユキトの横にまで到達する。

「……はは、やっぱ無理か」

血に染まる中、シュウゴは痛みを我慢しながら呟いた。

「ユキト、お前ならできるよ……だから、諦《あきら》めないでくれ」

その言葉と共に、シュウゴは言葉を発しなくなった。ユキトの胸の内に言い知れぬ感情が湧き上がる。

「まさか無謀にも突っ込んでくるとはね」

そうした中、カイは剣を振り刃についた鮮血を振り落とす。

「少しばかりヒヤリとしたよ。とはいえ、僕に霊具は届かなかった――」

カイの口が止まる。それはユキトの表情と気配を見たためだ。

「……けれど、立て直すだけの余裕を作られてしまったか」

ユキトの頭は冷え、同時に燃えたぎるような怒りが胸の内に生まれる。仲間が犠牲となったこと、自分が至らなかったこと――様々な思いが駆け巡る中、ユキトは呼吸を整えた。次いで、戦場に広がる空気――戦い続ける仲間達が発する魔力。そこからある意思を感じ取り、一つの結論を出す。

「……このまま戦うよりは、運否天賦《うんぷてんぷ》の方がまだ勝ちの目があるかな」

『お、なんだか楽しそうだね、ユキト』

呟きを発したユキトに応じたのはディル。

『こっちはまだいけるよ？　』

「……リュシルさん、そちらは？　」

『大丈夫』

「戦う前に話したこと……使えるか？　」

『正直、切り札としては心許ないけれど……やるだけやってみるしかなさそうね』

「……頼む」

剣を構え直す。カイはユキトの戦意が戻ったことに対し目を細めた。

「さっきまでは追い込まれて余裕がなかったけれど……まだ戦えるか」

「ああ、そうだな……今度こそ、決着をつけよう」

――カイは笑う。それでこそ、という表情だった。

「そうだね。僕としても終わりにしたいところだった……どちらの策が上をいくか、勝負だ！」

聖剣の魔力が体に突き刺さる。けれどユキトはシュウゴのように――怯《ひる》むことなく、圧倒的な力へ向け走り出した。

＊＊＊

オウキと共に戦っていた来訪者の一人が、魔法の直撃を受けて吹き飛ばされた。魔神の魔力が凝縮された魔法はたとえ霊具を所持していようとも、即死だった。

「はああっ！」

けれど、それでもなおオウキは仕掛け続ける。そこに悪魔を迎撃していた仲間の一人が駆けつけ、彼の援護に入った。

一方で信奉者レーヌは冷静かつ正確に魔法を発し、動揺一つ見せないままオウキの攻撃を防ぎ続ける――セシルはそうした戦いに加わり、霊具の力を最大限に引き出し食らいつく。

一人、また一人と来訪者が倒れ伏す中で、オウキの剣はさらに鋭さを増していく。まるで、仲間達の力を思いと共に乗せて背負っていくようであり――だからこそ、セシルも他の者達も、彼を信じついていく。

当然ながら仲間が減っていく以上、戦況は悪化の一途を辿《たど》っている。傍《はた》から見れば無謀とも思える突撃を中断すべきだと思うかもしれない。だがセシルはわかっていた――止まった時こそ、終わりを迎える。ひたすら、攻撃し続けることにしか未来はないと。

この状況に変化をもたらしたのは、幾度も魔法を撃ち攻撃を退けているレーヌ。信奉者は苛立《いらだ》ったように舌打ちをした。

「ちっ……ずいぶんと愚かな――」

その瞬間、オウキの剣が首筋を掠《かす》めた。それにレーヌは驚愕《きょうがく》の表情を示しつつ後退。加えて周囲にいた悪魔達をけしかける。

「そこまで死にたいのなら思い通りにさせてあげるわ！　押し潰《つぶ》されて死になさい！」

一瞬の内に迫る悪魔。オウキの進撃もここまでかと思われた矢先、新たに駆けつけた仲間が悪魔を一気に打ち倒す。

それで目の前が開け、オウキはたじろぐことなく前へ。全ては剣を決めるために——レーヌは忌々《いまいま》しげに表情を歪《ゆが》ませながら、右手に魔力を集めた。

「ならば、その蛮勇と共に果てなさい！」

魔法が放たれようとした——直前、横手から光がレーヌへ向け飛来した。

「っ⁉」

悪魔と戦っていた来訪者の援護。目の前に集中していたレーヌは対応できず、腕をかざしてそれを受けた。

ドンッ、と重い音が響く。光が一瞬レーヌを包んだかと思うと、彼女が発した魔力によって魔法の効果が途切れる。

「この程度の攻撃、奇襲であっても——」

言い終えることはできなかった。光が消え視界が開けた瞬間、オウキがレーヌへ肉薄していたためだ。

刹那、彼の刃《やいば》がレーヌへ入った。鮮血は生じなかったが、攻撃によりレーヌの表情に変化はあったため、痛みがあるのは間違いなかった。

「この――」

そして攻撃は止まらなかった。一撃入れた瞬間、オウキが持つ二振りの剣が、レーヌへと向かう。セシルの目には、神速の剣が幾重にも信奉者へ叩《たた》き込まれるのが映った。

――犠牲を伴いながら苛立《いらだ》たせ、隙《すき》を作る動き。正直なところ、作戦と呼ぶには無茶な攻撃だった。しかし、誰もがオウキのやりたいことを理解し、それに応えた。

「――あああああっ！」

雄叫《おたけ》びのような声がレーヌから発せられ、同時に強引な魔力の放出が行われた。それはまともに食らえば手傷を負うものであったため、オウキは攻撃を中断。大きく後退する。

彼は肩で呼吸をしていた。賭けに近かったはずの攻撃は功を奏しレーヌに対し十分なダメージを与えたが、滅ぼすには至らない。

そして失った仲間の数は――セシルは思考を振り払いレーヌを見据える。対する相手は、

「……仕留めきれなかったのは残念ねえ。犠牲を増やした無謀な突撃でこの戦果。満足したかしら？」

冷静さを取り戻し、なおかつ小馬鹿にするような物言いと共にレーヌは魔力を右腕に集

める。

一方でオウキは応じない。それはばかりか新たに剣を叩《たた》き込むべく構えた。

「その無謀さには呆《あき》れるわね……ともあれ、準備は済ませた。これで終わりにしましょう」

その言葉の直後、セシルは頭上に魔力を感じ取り、空を見上げる。

いつのまにか上空に光の槍《やり》が出現していた。切っ先はセシル達へ向けられ、留《とど》まっている間にさらに魔力が高まっていく。

「魔力を少しずつ流し空へと収束させた特別製の魔法よ。私がこれまで派手さのない魔法を使っていたのはこれが理由」

「仕込みをしていたわけだ」

オウキが応じる。ただその表情は、何かを悟っていた雰囲気だ。

「あら、気付いていたの？」

「戦場における独特な空気……その中で、上空に立ち上る魔力は感じていたよ」

「違和感ないようにしていたけれど、さすが来訪者といったところかしら？　であれば、無闇な突撃の意味もわかるわね。私が魔法を放たないよう、接近戦を仕掛けていたと」

セシルはオウキを見る。その背中には、覚悟がしかと存在していた。

「この魔法は炸裂《さくれつ》すればあなた達全員が消え去るほどの威力がある。けれど、さすがにこの距離で発動すれば私も無事では済まない……ええ、振り返ってみれば作戦は良かったわね。来訪者の犠牲だけで済んだのだから」

そう口にした瞬間、レーヌの表情が歪《ゆが》み、笑う。

「けれど、時間切れ。魔法を修正し、私が食らっても問題ないよう処置したわ。これで、あなた達を丸ごと消せる」

頭上の魔法が鳴動《めいどう》を始め、今にも放たれようとしていた。

「あなた達はよく頑張ったわ。その健闘を称《たた》え、一瞬で終わらせてあげる。消し炭にすらなれないまま、この世界から消えなさい」

魔力が圧になってセシル達の肩にのしかかる。背後には結界、前からは絶えず悪魔が押し寄せる状況。逃げ場はなく、後はただ矛《ほこ》が振り下ろされるのを待つしかない――

「……先に言っておくよ」

オウキがレーヌへ向け発言した。

「僕には策が読めていた……だからこそ、死を賭《と》して戦った」

「それがどうしたのかしら？」

「よってこの戦い……僕達の、勝ちだ」

その言葉の直後だった。今にも解き放たれそうなレーヌの魔法に、横から何かが飛来した。セシルが驚いて視線を向けると、強烈な光の塊が魔法と激突するのが見えた。

「――何!?」

レーヌも想定外だったか、声を放ち上空を確認。二つの光はしばしせめぎ合い、やがて、グオッ――と、音を上げて相殺《そうさい》した。

同時に何が起こったのかセシルは理解する。それはレーヌもまた同様であり、

「この気配……シェリスの霊具か！」

そう、ベルファ王国王女のシェリス――その魔法が、レーヌの切り札を打ち消した。

そこで、さらなる変化が。新たな光が飛来し、レーヌが形成した結界に直撃した。轟音《ごうおん》が響き、結界は音を立てて割れる。

「馬鹿な……！　魔神の力を持つこの私の結界が、そう簡単に砕けるわけが――」

「最大の敗因は、僕らに情報を与えすぎたことだ」

決然と言い放つオウキに対し、レーヌの口が止まった。

「特にシェリス王女は、直に魔神と戦っている……さらに言えば、ジャレム平原での戦いがある。元々研究に長《た》けた王女が、魔神に対抗しうる魔法を生み出すことは十分可能だったはずだ」

「くっ……！　しかし貴様らに犠牲が出た以上、ここで仕留めれば王女も――」

言い終えぬ内だった。レーヌは気配を察したか首をあらぬ方角へ向けた。それは東――シェリス王女の魔法が飛来した方角とは、逆。

刹那、多数の魔法がレーヌへ向け注がれた。セシルの目から見て一発一発の威力はそれ

ほど高くないため、魔神の力を持つレーヌにダメージはないだろう。だが、この攻撃は別の意味合いがあったため、魔法を振り払った信奉者は警戒の視線を向けた。

「……そちらも、来たというのか！」

セシルもまた視線を向けると、迷宮の入口へやってくる騎士達が見えた。装備はフィスデイル王国のものではなく、シャディ王国のものだ。

「間に合ったようね」

その先頭に、不敵に笑うシャディ王国王女、ナディの姿があった。

「とはいえ……決して、手放しに喜べる状況ではない、か――悪魔達を殲滅《せんめつ》せよ！」

ナディは即座に騎士達へ号令を掛けると、シャディ王国の騎士達が動き出す。すぐさまレーヌはそれに応じようとしたが、先んじてオウキが動いたことによって、そちらへ注力せざるを得なくなる。

「貴様ら……！」

「仲間の犠牲を超えて……ここでお前を倒す！」

宣言と同時にセシルもまたレーヌへ向け走り出した。すると相手は両腕に魔力を込め迎撃態勢に入る。

「切り札が潰《つい》えたことで終わりだと思ったか！　まだ私には魔神の力がある！　これを使えば――」

「それでも、終わりです」

それはシェリスの声だった。途端、多数の光の槍《やり》がレーヌへ飛来し、その体へと突き刺さる。

「ぐっ……⁉」

レーヌがうめき声を上げる。西側からはベルファ王国の騎士が駆けつけ、先頭にいたシエリスは霊具を既に解放し、臨戦態勢を取っていた。

「あなた方は私達の作戦に対し万全を期したはずですが、こちらもまた準備を整えられた……ジャレム平原における戦いで十分すぎるデータを頂きました。もう私達に魔神の力は、通用しない」

「この力に、抗《あらが》えるというの……⁉」

オウキがレーヌへ肉薄する。レーヌは周囲にいた悪魔を盾《たて》にしながら後退を始めた。

「魔神の力は絶対のはず……ザインやグレンが負けたのは、力を制御しきれなかっただけで──」

言い終えぬ内に、今度はシェリスの魔力が高まる。

「確かに脅威となったのは事実です。こちらの犠牲は多大なものとなった。けれど」

シェリスが多数の光を放つ。レーヌはそれを受けるが、全てを振り払うことができない。

「魔神の力と言えど、器は人間です。あなたは霊具すら解析し力を得る研究を果たしたようですが……その研究において私達が勝利した、ということでしょう」

——その指摘は、レーヌの表情を大きく変える効果をもたらした。研究、という観点において敗北したという事実がよほど癪《しゃく》に障ったらしい。

「貴様——」

「あなたは人類を滅ぼすため、邪竜の指示で研究に全てを費やしたのでしょう。しかし、研究に力を注いだのは私達も同じ……ザインやグレンを倒したように、魔神の力を持つあなたに、対抗できる」

レーヌがシェリスへ向け魔法を放つ。それは間近に迫るオウキすら顧《かえり》みない、憎悪に満ちた攻撃だった。

しかしシェリスは結界を構成し、防ぎきる。

それでレーヌは何かを理解したのか、はっとしたような表情を示す。

「そんな……馬鹿な……」

「魔神の力に溺れ、研鑽《けんさん》を怠《おこた》った……あなたの、負けです」

オウキの剣が、ついに届く。セシルも一歩遅れて追随し、レーヌの体へ剣を振り下ろした。

次いで後続から来訪者達の霊具が、多数突き刺さり——悲鳴を上げながらレーヌの体が崩れ始めた。

「嫌……！　こんな終わり方は——」

最後の言葉を発する暇もなく、信奉者レーヌは塵《ちり》と化し、この世界から消滅した。

「……っ！」

そこで、オウキが膝《ひざ》をつく。セシルが慌てて駆け寄ろうとした時、迷宮の入口から現れた悪魔が襲い掛かってくる。

「はっ！」

けれどそこへナディが割り込んだ。渾身《こんしん》の蹴りが悪魔を吹き飛ばし、セシル達に代わってシャディ王国の騎士達が悪魔の前に立ちはだかった。

「態勢を立て直すために一度後退を！」

「……わかりました！」

セシルは即座に来訪者達へ後退を指示。同時、ベルファ王国とシャディ王国の騎士達が連携を始め、迷宮の入口周辺の敵を掃討していく。

「……遅れてしまい、申し訳ありません」

そうした中、シェリスがオウキへ向け謝罪した。

「王都ゼレンラートで戦闘が始まった気配を察し、急行しました。もう少し早ければ、来訪者の方々に犠牲が出ることもなかったはず」

「いえ、あのタイミングがおそらくベストだったと思います」

王女の言葉に対し、オウキはそう答えた。

「敵は交戦寸前に王女二人の動向もつかんでいたに違いなく、仮に今日の朝駆けつけることができたとしても、戦いが早まっていただけでしょう」

「……信奉者は私達の位置を見定めて、攻撃を仕掛けた？」

「はい。戦いが始まってからは、王女達の動向を追うことはできていなかったようです。そして作戦通り僕らと騎士を分断し、仕留めようとした……もし急行していると勘づかれたら、上空の魔法は早期に振り下ろされていたはず。そして」

オウキは立ち上がりながらシェリス王女へ微笑《ほほえ》む。

「魔法準備をしている気配を感じ取ったので、信奉者に対し時間を稼げば、いけると思いました」

「犠牲を伴った作戦は、計算の上でしたか……」

「ユキトがいれば、もう少しなんとかなったかもしれない……でも、これしか方法がなかった」

「――みんな、覚悟の上だよ」

その時、後方から声が聞こえた。振り返るとそこにはメイの姿が。犠牲を伴ったことで悲しみを携える彼女も、歌による強化で疲労が見え隠れしていた。

「決戦が始まった時点で、覚悟はしていたからね」

「うん……シェリス王女、とにかく悪魔を抑え込むよう指示してください。現在イズミが迷宮の扉を閉じるために頑張っていますから」

「それまで食い止めろということですね……指揮官である信奉者はいなくなりました。これならおそらく、大丈夫でしょう」

シェリスは号令により、騎士達の士気が高まった。そうした中でセシルは迷宮の入口を見やり、

（信奉者レーヌは魔神の力を過信し、目の前の相手に注意を向け続けた結果、足をすくわれた。あの力が真正面に、最初から全力で襲い掛かってきたのであれば、間違いなく全滅していた）

油断、それが彼女の敗因だっただろう――考える間に、オウキ達は呼吸を整え前線へ移動しようとしていた。

（あとは扉を閉めるだけ……でも）

セシルはその時、言い知れぬ予感を抱いた。戦いには勝利した。けれど、まだ何かあるのではないか。

むしろ、狡猾《こうかつ》な邪竜ならば配下であるレーヌすらも負けることを想定し、策を練っているのではないか。

こんな予感がするのは、周囲の魔力を敏感に感じ取るセシルの霊具が原因か。それとも、単なる勘なのか。

「……今はとにかく態勢を立て直すのが先ね」

セシルは結論づけ、思考を振り払いながらオウキ達に追随した。

＊　＊　＊

シュウゴが倒れて以降、ユキトの剣は鋭さを増し幾度となく聖剣を弾《はじ》き剣が届きそうになる。しかしそのたびにカイは対応し、斬撃を入れることができない。

だが、それでもユキトが焦《じ》れることはなかった。これでいい——最初の攻防でカイに負わせた傷も既に治っているだろう。しかし、相手にダメージを与えその流れで勝利するという方法は、無理だったたと考え直していた。

冷静かつ、動きを見極めユキトは剣を振るい続ける。ここで変化が生じたのは、カイの方だった。彼は幾度となく剣筋を変え揺さぶるが、ユキトはそれに動じない。そこでどうやら、何か策があると気付いたようだった。

それがどういうものか推し量るため、無理に攻め立てたりはしない——このまま長期戦となれば、リュシルと融合しているユキトが先に力尽きる。だからこそ、先んじて動き出すであろうと推測し、無理に仕掛けようとはしない。

状況はユキトにとって大きく不利。策が通用しなければ一巻の終わり。けれど、

（……大丈夫）

心の内で言葉を紡《つむ》ぎながら、ユキトは剣を振るった。重要なのはタイミング。戦場の状況や仲間の戦いぶり。そして、自分の限界——その全てを考察し、仕掛ける。それしかないと内心で断じる。

攻防は、およそ一分続いた。ユキトにとっては果てしなく長い時間。カイにとっては相手を見極めるために十分な時間だっただろうか。

「——ふっ！」

牽制《けんせい》か、カイが仕掛けた。それは戦況を見て勘案した結果による攻撃。仲間数人が周囲の悪魔を倒し、再びカイへ迫ろうとしていたのだ。

何か策があるならここしかない——だからこそ、カイはユキトの動きを封じるために先手を打った。ユキトは仲間の支援により動く——それは紛《まぎ》れもない事実であり、ユキトはここだと判断し、

「ディル！」

握りしめる剣に叫んだ。刹那、剣に宿る意思は声に応え、刀身に秘められた魔力を解放した。

一挙に噴き上がった魔力を乗せ、ユキトは斬撃を繰り出した。しかしカイはそれを見極め、聖剣に力を集め真正面から受け止めた。

「仲間達との同時攻撃……だけどそれも――」

カイが宣告しようとした時、レオナの斧《おの》がカイへ迫った。けれど彼は即座にユキトの剣をいなすと一閃《いっせん》して斧を弾《はじ》いた。

続けざまに迫ったのはヒメカの拳《こぶし》。だがそれもカイはさばき、さらに向けられたダインの刃《やいば》を、難なく防ぎきる。

同時攻撃は、失敗に終わった――と、本来ならば考えるところだろう。けれどこれで終わりではなかった。続けてカイへ迫ったのはアユミの矢とツカサの魔法。

ユキトはシュウゴが倒れた直後、二人を含めた後衛の面々が攻撃準備を始めていることに気付いた。単純な連続攻撃ではもう裏をかけない。だからこそ、後方にいる仲間達の攻撃を含め、持てる力を全てカイへと注ぐ。

「無駄だ！」

しかしカイは向けられた全ての攻撃を、聖剣の力によって撃ち落とした。それでもなお仲間達はカイへ迫ろうとする。場合によってはシュウゴのように、ユキトの盾《たて》となる――そういう気概さえユキトには感じられた。

カイもそれは気付いた様子であり、なおも追いすがる仲間達へ向け、叫んだ。

「死を望むならば、要求通りにしてあげようか！」

一番近くにいたレオナへ聖剣が振り下ろされようとした寸前――ユキトが、動いた。カイが一瞬自分から視線を外した。それにより一歩で間合いを詰め、決めるべくさらに剣に魔力を叩《たた》き込む。

その力の大きさは、ユキトが御せる範囲を超えていた。もはや暴走と呼べる力と勢いであり、戦況が大きく動いた瞬間だった。

カイは即座に標的をレオナからユキトへ変えた。ただそれはレオナを無視したというよりは、レオナごとユキトを叩き切ろうという意思が見て取れた。

彼は、きっとそれを実行できるだろう——ユキトは思いながらなおも踏み込む。同時、後方からさらなる魔力。ツカサ達の援護だ。

なおかつ、レオナやヒメカといった前線にいる仲間達も、一斉にカイへ迫る。その時になって、カイは気付いたようだった。仲間達が——共に戦っていた者達全てが、カイへ矛《ほこ》先《さき》を向けていた。

もし、周囲にいる誰かを斬ったとしても、その屍《しかばね》を越えて仲間達は迫るだろう。正直、これは作戦と言えるかも怪しい強引な戦法だった。本当に全員が同じタイミングで迫るなどということができるのか——ツカサが決戦前に話した策。だがカイへ挑むのであればそのくらいはしないと勝てない——シュウゴが倒れた時、リュシルやディルの力によって仲間達の意思を推察したユキトは、それでもこれしかないと決断し実行に移した。

そして、仲間達はそれに応えた。カイに逃げ場はない。全てを防御してやり過ごすか、攻撃を受けながら退避するかの二択だった。

「──見事だ」

そこでカイは、怒るわけでも絶望するわけでもなく、ただ笑った。それと共にこの攻撃が示し合わせたものではないと、彼は半《なか》ば悟っている。

「けれど」

カイはなおも笑みを湛《たた》えながら、ユキトへ告げる。

「この勝負は、僕の勝ちだ！」

聖剣の力が膨らみ、それがユキトへ向け集束した。全方位からの同時攻撃。だがカイはその全てを無視してユキトへ仕掛ける選択をした。

それは紛《まぎ》れもなく、最善最高の回答だった。ユキトもまた攻勢に出て防御するタイミングを失っている。このまま攻撃を続ければカイの剣戟《けんげき》を防ぐ手立てはない。そして自分の刃《やいば》は聖剣と激突し負ける──そこまで、未来が見えてしまった。

相打ちになっても、カイは生き残るだろう。負傷はするがすぐに立て直し、仲間達へ攻撃する。だからこそ、今の状況でさらなる手がなければ──

ユキトは何か手がないか、わずかな時間で思考する。だが、カイへ向け放たれた刃を引き戻すことはできない。届かなかったのか──そんな諦観《ていかん》めいた言葉すら出た時、それは起きた。

突如、ユキトは自分の体が引っ張られる感覚に見舞われた。リュシルが戦う前に明言していたこと。一時彼女が体を操作する。それが今まさに実行された。

ユキトにとってもかなり強引なその動きだったが、突如剣先の動きに変化が起きたことでカイも反応した。意図したものか、それとも偶然か。それによってほんのわずか、聖剣の動きに迷いが出た。

刹那、吸い込まれるようにカイへと向かう自身の剣を見てユキトは理解した。斬撃の軌道は、鉄壁を誇っていたカイの防御を縫うような動き。それは、カイが無意識に見せていた癖を突いたもの――いや、癖と呼ぶにはあまりにか細いものだった。

しかし、ユキトは隙《すき》と言えるかわからないその部分を狙うことで、自分の剣が届くであろうと確信した。

全員が同時に攻撃し、ユキトの剣がカイへ到達するまで、数秒にも満たない時間の攻防――次の瞬間、ユキトの剣がカイの体へいち早く届き、その体を薙《な》いだ。ユキトの腕には確かな手応え。リュシルの仕掛けがあったからこそ届いた一撃だった。

「っ！」

カイは呻《うめ》き、その刹那仲間達の攻撃が一斉に向かった。相次ぐ猛攻にカイは聖剣をかざして防ぎに掛かる。しかし、その全てを回避することはできず、魔法や技を受けることによってカイの体勢が大きく崩れた。

ダメージを与えたのはユキトが当てたものだけで仲間の攻撃は効いていない。しかし十分――ユキトは追撃に出た。

魔力をさらに込め、カイの体勢が戻るより先に繰り出した剣戟《けんげき》は、再度彼の体へ届く。彼の姿勢がさらに崩れ、倒れ込むには至らないが、明確な隙――それこそ、ユキトが決めるべく準備をするための空白が、生まれた。

「ディル！　リュシルさん！」

名を発し、ユキトは魔力を剣に叩《たた》き込む――同時、ユキトの頭の中に様々な想いが駆け巡った。

カイがこの世界へ召喚された時に顔を合わせた邪竜。そして彼の願い――他ならぬカイから聞いたその根底にあるもの。加え、この戦いの行く末――全てを考慮し、悩み抜いた結果至った結論。それを刀身に乗せ、剣に魔力を収束させる。

剣を放とうとした寸前、先にカイが動こうとした。多数の攻撃を受けてなお――というより、ユキトの攻撃が今までと違うということを察し、半《なか》ば強引に体勢を戻そうとした。

途端、ユキトは攻撃が成功するか微妙だと直感した。カイが受ける体勢を整えるのが先か、自分の剣が届くのが先か――だが、この考えは思わぬ形で覆《くつがえ》る。

突如、カイの体がよろめき隙が生じた。数秒にも満たないわずかな時間稼ぎにしかならなかったが、極限状態にいるユキトにとっては十分すぎる時間。その原因は、あらゆる攻撃をすり抜けカイに刃《やいば》を叩《たた》きつけたダインだった。最後の最後まで攻撃せず、戦局を見て援護をした——彼の戦術的な判断だった。

いける、とユキトは確信し剣を掲げ上段から振り下ろす。カイは応じようとしたが、ほんの少しだけ、間に合わなかった。

攻撃を繰り出す間にユキトはこの剣に宿る力——それを作り出した経緯を思い返す。リュシルやディルとも何度も相談した。本当にこれで良いのか。本当にこれで自分の企みが成功するのか——全てはユキトが望んだ結末に至るため。

それがわかっているからこそ賭けには違いないにしても、ディル達はユキトに賛同し、この一時だけ使う大技を、開発した。

そして、ユキトの斬撃がカイの左肩から入り、斜めに一閃《いっせん》され全身を駆け抜けた。手には確かな感触。視界には剣戟《けんげき》により大きく吹き飛ぶ彼の姿。

だが、それでも倒れはしなかった。周囲から多数の攻撃を受け、ユキトから連撃を受けてなお、体勢は崩しても地面に倒れることはない。カイは身に受けた斬撃の衝撃と格闘しながら、どうにか踏み留《とど》まっていた。

斬ったことによる傷は——ない。周囲の仲間達もまた立ち止まり、カイの様子を窺《うかが》うような状況。そしてユキトもまた剣を振り下ろした体勢のまま固まった。というより、限界を迎えていた。

（あと数分、戦えるくらいか……）

まだ『神降ろし』は維持できている。しかし、ユキトの体力と魔力は限界に近づき、残された時間は多くない。

カイは沈黙したまま、顔を上げユキトを見据えた。そして視線を重ねた直後、

「なるほど……これがユキトの選択というわけか」

どこか納得し、なおかつ感服した様子を見せた時、周囲にいた悪魔達がユキト達へ向け襲い掛かってきた。仲間達が全員カイへ仕掛けたということは、周囲の敵を無視したことを意味している。よって仲間達は我に返ったように応戦を始め、そうした中でユキトとカイは立ち止まり視線を重ねた。

「これを成そうと考え、仲間にも賛同してもらったのかい？」

「……俺の、独断だ。仲間達は全員、信じてついてきてくれた」

「そうか」

カイは返事をすると共に聖剣を逆手に持った。次いでそれを地面に突き刺すと、魔力を発する。

その瞬間――聖剣の魔力が地面を介し周囲へ伝わり、攻撃していた悪魔の足下に白い光の刃《やいば》が出現。その体を一斉に串刺しにした。

「っ……!?」

仲間達は思わぬ展開に驚愕《きょうがく》し、それを見たユキトは『神降ろし』を解除して黒衣へと戻る。その横にリュシルとディルが姿を現した。

「成功、ということでよさそうだな」

「ユキトの見解としては、成功率は五分五分といったところかな？　しかし、随分な大博打を仕掛けたものだ。僕に攻撃を当てられなければ無意味なやり方だったし、もし届いてもこれが通用するか未知数だった」

「でも、俺はやるべきだと思った……もちろん、俺は――」

直後、森から一斉に悪魔の雄叫《おたけ》びが聞こえた。それは今までとは何かが違う――そんな予感を抱かせる声だった。

「……何だ？」

「邪竜の仕掛けだろう」

カイは冷静にユキトへと語る。

「僕のあずかり知らぬところで、仕掛けを施していた……おそらく僕自身に心情の変化があれば、僕ごと人間の軍勢を叩《たた》き潰《つぶ》すために動き出す」

「カイが裏切ることも想定していた、と？」

「保険程度のものだろうけど、ね」

「……裏切る？」

声を発したのは近くにいたレオナ。そこでユキトは仲間達へ説明を加えた。

「最後の一撃……あれには仕掛けがあった。攻撃を受けてもカイは負傷していないことがその証拠だ。あの剣が仕掛けなく入っていれば、カイだってさすがに無事では済まなかったはずだ」

「血だらけで倒れていたかもね……あれは僕の魔力を斬り、精神的なダメージを与えるものだった」

カイが聖剣の魔力を発露する。けれど標的は周囲の仲間ではなく、森から出現し迫ろうとしている悪魔だ。

「ユキトから詳細は聞いているだろう？　僕は幼少の頃から野心を抱えていた……子供じみた、けれどどこの世界で実現できるかもしれない、全てを支配するという野望だ。その考えをユキトは……斬った」

「考えを、斬った？」

「記憶を斬った、と言い換えてもいい。僕の内に眠る野心を……支配するという願望を、丸ごと消した」

「それによって、カイは悪魔を倒した」

ユキトはカイの言葉を補足し、

「カイの考えを尊重するのであれば、野心を抱いたまま倒すのが筋だろう……でも、この戦いを人類の勝利に導くためには……もう一度、カイに戻ってきてもらう必要があった。ただ野心は元々持っていたものだ。説得は通じない」

「だからこそ、野心そのものを消したということだね……これがユキトの策であり、試みは成功した」

「共に戦ってくれるんだな？」

「野心によって僕は邪竜と手を組んでいた。けれど、それを綺麗《きれい》さっぱり取り払った以上、僕が敵対する理由はないな。ただ」

　カイの表情に暗い影が帯びる。

「僕は多数の仲間を、騎士を斬り捨てた。それを許すというのかい？」

「表向き、カイが裏切ったことにはなっていない。だから、混乱は少ないはずだ……でも、納得しない仲間だっているだろう。仲間を斬っておいて、何もなく味方に戻る……仲間内で混乱はあるはずだし、他ならぬカイだって納得しない面はあるはずだ。だって、無理矢理記憶を消して戦わせようとしているんだから」

　ユキトはカイと視線を重ね、それを離さぬまま語る。

「だから、カイの罪は俺も背負う。この決断をしたのは俺である以上、カイが犯してしまったものを肩代わりする……仲間がカイを糾弾《きゅうだん》するなら俺が矢面に立つし、恨むと言うのなら存分に憎めばいい。全ての戦いが終わった後、決着をつけてもいい」

「それがユキトの答えか……その様子だと、苦悩したみたいだね」

ユキトはカイの言葉に頷《うなず》いた。

「そうだな……でも最終的に、世界のためを考えた結論だ」

「僕が戻ってくるのであれば、勝利に近づくからね……邪竜自身、僕が裏切ること自体、成功するかはわからなかっただろう。もっと長くこの世界のために戦っていたら、人々のことを思い、記憶を取り戻しても寝返らなかったかもしれない……だからこそ邪竜は保険を用意した」

悪魔がなおも森から出現する。それに応戦する騎士達を見てユキトは、

「倒そう。まずはこの戦場を救わないと」

「わかった……とはいえ聖剣があれば――」

そこまで言った後、カイは言葉を止めた。ユキトは彼の態度に不穏なものを感じ取り、

「どう、した？」

「……可能な限り早く、この場を制圧しなければならない」

カイはそこまで言うと聖剣を握り直した。

「ユキト、まだ動けるかい？」

「さすがに『神降ろし』を維持するだけの余裕はないが……戦える」

「わかった。なら悪魔を倒そう。その後、すぐに向かわなければならない場所がある」

「……邪竜の策か？」

ユキトが聞き返すとカイは頷いた。

「そうだ……もう既に始まっているかもしれない。聖剣の力を高め、一気に片を付ける。それで、間に合うかどうか……とにかく、この場を制圧しよう。それとリュシルさんは後方へ赴《おもむ》き、ローデシア、マガルタ両国にここからも協力を仰げるか確認してほしい――」

＊＊＊

セシルの目に、迷宮の扉がゆっくり閉まっていく光景が見える。信奉者であるレーヌが滅びても迷宮の扉を閉じるのはかなり大変な様子だったが、イズミは必死に作業を続けていた。

「もう少しだ！　こらえて！」

エルトは騎士達を鼓舞し、ベルファ王国とシャディ王国の騎士達も王女の指示を受けて奮起する。セシルもまた剣を振るい断続的に現れる悪魔を倒していた。

来訪者であるオウキ達も霊具の力を存分に発揮し、敵を倒し続けている。しかし全員疲労の色が濃い。迷宮が再び開いて以降、休む暇もなく戦い続けている。いくら来訪者と言えど、さすがに限界が近づいていた。

だが誰もが必死に戦い続け、勝利を手にしようとしている。あと少し、と胸中で呟《つぶや》きながらセシルは、霊具の力を発揮し悪魔をまた一体、倒した。

そしてついに——迷宮の扉が閉まろうとした時、騎士の多くが安堵《あんど》の声を漏《も》らし、セシルもまた終わったのだと息をついた。オウキ達も近くにいた悪魔を倒しきり、誰もが勝利に沸き立とうとした時、それは起きた。

ズグン——形容するならそういう音。表面上は何も起きていないが、ただ気配だけが迷宮内から生まれ、入口周辺にいた者達は全員例外なく気がついた。

「……え？」

セシルもまた察知し、迷宮入口を注視する。

悪魔は出ているが、迷宮が閉じようとしているため、その数は極めて少なくなっている。ただ先ほど感じ取った気配により、悪魔を倒す騎士達の動きも止まっていた。

何か、来る。そう直感させるほどの気配によって、周囲にいる者達がにわかに騒ぎ始める。

「——セシル！」

そこへ駆け寄ってくるメイ。彼女は後方で怪我人《けがにん》の治療に当たっていたはずだが、

「何が来るの？」

「……わからないわ。でも、よくないことが起こることだけは、理解できる」

セシルは彼女へ返答しつつ、近くにいたエルトへ目を向けた。

「新たな信奉者でしょうか？」

「その場合、先に交戦した信奉者レーヌの発言と矛盾します。魔神の力を付与していた以上、邪竜としても精鋭だったはず。もし他に魔神の力を与えた信奉者がいれば、レーヌと共に出撃させていたはずです」

「確かに、そうですね……」

「残る可能性は……いえ、さすがにこれはないでしょう。なぜなら邪竜は――」

言い終えぬ内だった。閉じようとしていた迷宮入口から、突風が生じた。それと共に感じ取る濃密な魔力。さらにその魔力がドス黒く、言葉では表現できない悪意に満ちており、多数の戦場を戦った歴戦の騎士達でさえ、動揺し始める。

そこでエルトは騎士達を落ち着かせるべく号令を掛け、また王女二人も騎士達へ指示を出そうとした――次の瞬間、今度は膨大とも呼べる魔力が迷宮奥から生まれた。

「……メイ！」

セシルは反射的に彼女を抱きかかえ、地面に伏せた。何かが来る――そう直感した次の瞬間視界が真っ白に染まった。

それが迷宮奥から放たれた魔法であると認識した時には、建物に直撃し轟音《ごうおん》が周囲に響き渡った。

セシルは視線を上げる。その建物は、迷宮の入口を制御している施設であり、

「あ……」

メイが声を発し、すぐさま立ち上がって建物へ走った。セシルもまたそれに追随するが、建物は粉塵《ふんじん》を巻き上げて倒壊。直後、誰かが風の魔法を使って土煙を取り払った。

「イズミ！」

そして崩れた瓦礫《がれき》の下にいたイズミを、メイが名を呼びながら引き上げた。セシルがすぐさま容態を確認する。瓦礫に巻き込まれただけならば支援系霊具であっても耐えられるはずだが――

「メイ……」

彼女の傷は、一目見ただけでも致命傷だとわかった。特に腹部の出血がひどく、メイは必死の形相で治療魔法を掛け始めるが、

「ごめん、メイ。さすがにもう……」

「そんな……諦《あきら》めないでよ！」

「その力は、迷宮から来る敵にとっておいて」

彼女の言葉で、メイの動きが止まる。

「迷宮の扉を閉める前に、間違いなく出てくる……残った人で扉を閉める作業は進めてほしいけど、それよりも……ヤバい敵が、来る」

「イズミ……」

「メイの歌がないと、勝てない。だからここからは……癒やすのではなく、鼓舞することだけを――」

言い終えぬ内に、イズミの口が止まった。セシルは無念な気持ちを抑えながら、最後まで語り続けたイズミのまぶたを手で閉じた。

「……イズミ」

メイはもう一度名を呼んだ後、泣きそうになるのを堪《こら》えながら立ち上がる。

「セシル……この魔法は――」

「ええ……おそらくは――」

風が吹いた。次いで迷宮の入口から荒れ狂う魔力が生み出される。セシル達が視線を移すと、悪魔に囲まれながら立つ人間がいた。銀髪かつ、獰猛《どうもう》な赤い瞳を持つ男の姿。そしてユキトが着ているような黒衣を身にまとい、腰には剣を差している。

――人の姿ではあるが、あくまで見た目だけだ。距離があってもセシルは理解できた。身の内に宿る凶悪な魔力を。

「気配はずっと迷宮の最奥にあったはずで、この登場は予想外のはずだが……あまり驚いていないな。予感でもしていたか？」

そして男から、朗々とした声が響き渡る。

「それとも混乱から抜け出せていないのか？」

「……人に化けたということですか？」

問い掛けたのはシェリス。威圧的な魔力を放ち、周囲にいる護衛の騎士と共に戦闘態勢に入る。

「迷宮内の魔力を捕捉する限り、極めて巨大な姿だと考察されていましたが」

「それは正解だよ、王女。だが既に準備は整っていた。迷宮の奥底にいると思わせながら、お前達が戦う間に姿を変え、今ここにいる」

男はまず空を見上げた。次いで、

「この迷宮を根城にしていた魔神は元々、人と同じ姿かたちをとっていた。故に、迷宮構造も人が入り込むのを前提としたものになっていた……ある意味、ここが最大の落ち度だった。『魔紅玉』の力によって望むだけの力を得たが、図体がでかくて最奥から出られなくなったのだから、ずいぶんと間抜けな話だ」

語りながら、男は迷宮入口を見回した。

「しかし、だからこそ人を手懐け、誘惑し、策を講じることとなった。今思えば、単に力を得ただけではあっさりと成敗されていただろう。よって、我──否《いな》、余《よ》が全てを支配するために、必要な所業だったと確信している」

その言葉に応じたのは──剣を構え直し、仲間と共に魔力を高めるオウキだった。

「王様気取りか？　邪竜」

「気取っているわけではない。予行演習だな。支配する者……あらゆる存在の頂点に立つ以上、相応の立ち振る舞いは必要だろう？」

そこまで言うと、男――邪竜は笑った。

「邪竜、か。この姿を見ればわかるが、既に竜の姿は捨てている……まあいい、よくよく考えれば自分の名すら決めていなかった。この戦場を平らげ、王都を滅した後に考えるとしよう……ただ」

邪竜は剣を抜き放つ。鞘《さや》は漆黒《しっこく》だったが、刀身は背筋が凍るほどに透き通った蒼《あお》だった。

「支配者となる以上、それに従うのであれば命は取らない……選択を与えよう。余に従い頭《こうべ》を垂れるか、ここでむなしく殺されるか」

――戦場にいる者達は誰も答えなかった。そして邪竜への返答は、各所で高まる魔力によって成された。

「言葉は発しないが、明確な返事だな……いいだろう、受けて立つ。だが、挑めばどうなるかわかっているだろう？」

邪竜は笑う――その異名通り、極めて邪悪で醜悪《しゅうあく》なもの。

「勝ち目がないことはわかっているはずだ」

「どうだろうな」

応じたのは、オウキ。

「部下を失った裸の王様、だろう？　いかにお前が強いからといって――」

「ああ、レーヌのことか。確かに奴はよくやったよ。そして」

次の瞬間、邪竜の周囲に魔力が集まり始めた。それはレーヌが持っていた魔力の残滓《ざんし》。

それを体躯《たいく》に、取り込んでいく。

「余《よ》の糧《かて》になった。最後の最後まで役立ってくれた」

「……魔力を、吸収した？」

「本当ならば魔神の力そのものを取り込みたいところだったが、さすがにそう上手《うま》くはいかなかったわけだ。しかし余の配下となった者の魔力ならば吸収できる。よって」

ズグン、と一つ大気が震えた。先ほど以上に邪竜の力が、高まっていく。

「お前達が余の配下を倒したことで、また強くなれた……感謝せねばなるまいな。礼として苦痛を与えぬまま殺してやろう」

邪竜は圧倒的な気配を放ちながら、宣言する。

「いずれこの戦場に聖剣使いがやってくる。黒の勇者との戦いが終われば、転移魔法で来る手はずになっている……そうなれば、終わりだ。絶望というものを、まずは刻み込んでやろう――」

第二十四章　邪竜の剣

「邪竜が――外へ⁉」

悪魔と交戦しながら、ユキトはカイの言葉を聞き返す。斬撃によって悪魔を倒すが、先ほどまで『神降ろし』を長時間発動し続けたことによって疲労の色が見え隠れする。

ユキトは現在、残る悪魔達を倒すため剣を振るっていた。周囲には仲間に加えローデシア、マガルタ両国の騎士達も動いており、総掛かりで対応に当たっている。

「カイ、邪竜自身は出られないんじゃなかったのか？」

「最深部で巨大な竜の姿をとっていたが、信奉者の研究によって体を作り替え、人の姿を得たんだ」

カイは聖剣を振るいながら悪魔を倒す。先ほどまでの激闘から衰えぬ剣さばきにより、周囲の騎士達からどよめきが上がる。

「手順としては、迷宮の入口をこじ開け信奉者レーヌが攻撃を仕掛ける。それで決着がついてもいいし、手痛い反撃を食らえばいよいよ自分が身を乗り出して戦う……大量の悪魔に魔神の力を宿した信奉者。さすがに騎士達も、来訪者も無事では済まないだろうという考えで、疲弊した状態なら勝てると踏んだわけだ」

「その中でカイは……」

「この場における戦いに決着がつけば、転移魔法によって迷宮入口へ急行する手はずだった。その頃には既に戦いが終わっていて、僕と邪竜はどちらが支配者となるか決着をつける……そういう流れだった」

語りながらカイはさらに悪魔を斬っていく。彼に加えユキトや仲間達の攻撃によって、敵は数を一気に減らしていく。

「王都側の状況がどうなっているのかわからないけれど、戦い次第では、まだ間に合うかもしれない」

「邪竜が出現するより前に、俺達が助けに入ることができると」

「そうだ。ただし、転移魔法陣は一度きりしか使えない、僕だけが移動できる個人用のものだ。よって、僕が転移し王都にいる仲間と共に邪竜を倒す」

「──どういう形であれ、転移はできるんだな？」

そこで発言したのは、ユキト達の後方で魔法を放つツカサだった。

「ならその転移魔法陣を改良し、大人数でも移動できるように調整しよう」

「そんなことができるのかい？」

「転移魔法のメカニズムについては、いち早く調べたからな。その転移魔法の種類などを調べれば……」

「ただ時間を掛けるのはリスクがある」

「わかっている……とにかく、まずは悪魔を倒し魔法陣を調べるだけの余裕を生むところから始めなければ」

——そうしてユキト達は悪魔を撃破し続ける。再びカイが味方についた状況で士気は最高潮に達し、倒すペースは過去最高。

結果としてユキトが想定した時間よりも遙《はる》かに早く、悪魔を全滅させることに成功。しかし息つく暇もなく、ユキト達は転移魔法陣のある場所へ向かう。

そこは森の一角。戦場とはやや外れた場所に設置された、小さな魔法陣だった。

それを見たツカサはまず地面に刻まれた魔法陣に手をかざす。時間にして十秒ほどしてから彼は手を引き、

「これなら魔法陣を拡張して利用できる。カイ、作業を進めていいな？」

「時間はどの程度掛かる？」

「一時間は掛からないくらいだろう」

「わかった……僕一人よりも多人数で動いた方がいいのは間違いないからね。僕らは少しの間休憩と、魔力回復に努めよう。その間に誰が転移するかも決めておこう」

カイの発言に対し、ユキトは一つ疑問を呈《てい》する。

「誰が転移って……俺達は一緒に向かうだろ？」

「そこはもちろん。僕が言いたいのはローデシア王国やマガルタ王国の騎士達が参戦してくれるのか、ということ」

「──そこについて、話を付けたわ」

リュシルの声だった。ユキトが視線を転じれば、レヴィンとラオドを率い転移魔法陣のある場所へ近づく姿が。カイの指示によって二人を連れてきたようだった。

「どういう状況だ？」

そして問い掛けたのはレヴィン。カイが端的に説明すると、驚いた表情を示した。

「邪竜が……なるほど、な。つまりフィスデイル王国の王都こそ、決戦地だと」

「そういうことになります」

「人類の存亡を賭けたものになるな。であれば、手を貸さない理由はない」

「ありがとう」

カイはそう述べると、レヴィンへ向け右手を差し出した。

「あなたとこうして話をするのは初めてか……本当ならしかるべき場所で挨拶《あいさつ》をすべきだろうけど」

「他ならぬ最初の出会いが敵同士だったからな」

レヴィンはカイに応じ握手を交わす。次いでカイはラオドとも握手をした。

「両者は邪竜との戦いにも耐えられる精鋭を連れてきてください。とはいえ、相手は最大最強の脅威です。どれほどの実力を持っていたとしても、死の危険からは免《まぬが》れない」

「覚悟は最初から持った上でここに来ているさ……自分を含め、最大戦力を準備するとしよう。ただ、どれだけの人数が転移できる？」

「そこは検証次第ですが、入りきらない場合の取捨選択も考えておいてください」

カイがそう述べるとレヴィンやラオドは頷《うなず》き、人を集めるため踵《きびす》を返す。

「僕らは準備完了まで回復に専念しよう」

そしてカイは近くにいた騎士に魔力を回復する薬などを持ってくるよう指示を出し、魔法陣の拡張を待つこととなった。

ツカサが作業を進める間、来訪者達は騎士が持ってきた薬などを飲み体調を回復させる。特にユキトは無理矢理いくつかの薬――魔力を回復させる以外にも強壮薬など――を一気に飲み干した。本来、こうした薬は適切な量が決められているが、邪竜との決戦も近い以上、少しでも体調を戻すために薬を流し込んだ。

「……リュシルさん」

苦い薬の味を感じながら、ユキトはリュシルへ向け問い掛ける。

「そっちの体調はどうだ？」

「カイとの戦いで魔力を消費してしまったけど、どうにか戦えるわ。もっとも、次の相手が邪竜である以上は、どれだけ準備をしても足りないけれど」

苦笑しながらリュシルも薬を飲む。そんな姿を見てユキトは、

「人間の薬、効果があるのか？」

「一応ね。人と比べれば効果は薄いけど、それでも飲まないよりはマシよ」

「そっか……ディル、そちらはどうだ？」

『問題ない』

と、応じた直後人型のディルが真正面に現れた。

「ディルのことは気にしなくてもいいよ。さすがに剣が壊れそうとかだったら言うけど」

「……正直、今までの戦いで折れてもおかしくなかったけどな」

「彼女は迷宮を封じるために生み出された存在」

ユキト達の会話に、リュシルが口を挟んだ。

「抱えられる魔力量が他の霊具よりも多い……それだけじゃなく、おそらく天神が使用することを前提に作成されたものだから、聖剣と同じように耐えられるのだと思うわ」

「……聖剣と同格ということか？」

「純粋な武器の性能は聖剣の方がずっと上でしょう。でも天級を超えた……神級の霊具に位置するものであることは間違いない」

「そうか……肝心のディルが力の大きさについて自覚なさそうだけど」

「自分自身の強さなんてわかんないもんだよ」

そんな返答にユキトは苦笑。周囲にいる仲間達もディルの姿に顔がほころぶ。

「……ならディル、邪竜との戦いだ。気合いを入れ直してくれよ」

「うん」

「カイ、そっちは——」

ユキトは声を掛けようとした時、腕を組み考え込んでいる彼の姿に気付いた。

「どうしたんだ？　って、相手が邪竜だし考えるのは当然か」

「そうだね……正直、邪竜との戦いは運が絡むと思う」

「運？」

「僕と邪竜は最後の最後で決戦する以上、おおよその作戦は共有しているけれど核心部分は語っていない。双方が相手を出し抜くために、密《ひそ》かに動いていた」

「最後の最後に行われる決闘だ。その策も、尋常じゃないものなんだろうな」

「そうだね」

そこでカイはリュシルへ目を向けた。視線にユキトが疑問に思っていると彼女は、

「私から話すつもりはないわ」

「わかった」

ユキトはどういう会話なのか気になったが、カイは話をさらに進めた。

「僕の策は既に実行中であり、時間を掛ければ邪竜の裏をかくことができるはず」

「……時間を掛ければ？」

「邪竜がどのような策を用いてくるかは予想している……邪竜は迷宮の支配者だ。外に出ればその影響がなくなるかと言えば、そうじゃない」

カイはこれから起こる戦いがどのようなものになるのかを確信した様子で、語っていく。

「邪竜は迷宮で魔物を生み出せるだけでなく、魔力……より正確に言えば魔神の力を自由自在にできる。よってその力を迷宮から吸い出し、蹂躙《じゅうりん》を始める」

「……カイ、本来はどういう作戦で戦うつもりだったんだ？」

「僕は策が成功するまで待つつもりだった。この戦場を制圧し、転移魔法でフィスデイル王国王都に戻るわけだけど……それを少し遅らせることで、策が発動するタイミングで邪竜と戦う予定だった」

「策そのものは確実なのか？」

「百パーセントというわけじゃない。でも、八割方上手《うま》くいくと思っている。もし失敗すれば聖剣の力を持とうとも、勝つことは厳しいだろう」

「信用しているのね」

どこか呆《あき》れたようなリュシルの発言。その態度はどういう意味なのかとユキトは気になったが、カイが苦笑しつつ続きを語ることで質問はできなかった。

「まあね……さて、聖剣ならば圧倒的な力の邪竜に対抗できるのでは、と思うところだけどそれは間違いだ。邪竜は僕を倒すために動いていたからね」

ここでユキトは何が言いたいのか理解した。

「信奉者が行っていた研究……だな？」

「その通りだ。邪竜は霊具の研究を通して人型へと姿を変える術《すべ》を得て迷宮を出る。そして霊具——特に聖剣の対策も立てているに違いない」

「霊具による攻撃が通用しない、とか？」

「そこまでには至っていないよ。研究を担う信奉者……レーヌから情報を集めた結果、霊具の力を全て弾《はじ》く、という段階にはなっていない。だからこそ、今ならばまだ倒せる……確実に倒すには待つ方がいいけれど」

カイはユキトやリュシルへと目を向け、

「犠牲を減らすには……すぐにでも急行すべきだ。それに、ユキトを始め仲間達がいる以上、策が成功するより前に勝てるかもしれない」

「……俺達が駆けつけて勝利できればいいけどな」

ユキトは応じつつ内心で考える。これまで邪竜は、人間を陥《おとし》れるため様々な謀略を巡らせてきた。大陸に存在する国々を分断し、配下を生み出し勢力圏を広げた。ユキト達が召喚され形勢は覆《くつがえ》されたわけだが、それすらも謀略の内だった。

今回の戦いは総大将である邪竜との戦い。さらなる謀略が張り巡らされていてもおかしくはない。カイの見立てが正確なのかどうかもわからない――

「僕が先陣を切る」

そしてカイはユキト達へ話す。

「状況に応じて立ち回りを変える必要性は出てくるだろうけど、僕は真っ直ぐ邪竜へ挑むことにする」

「なら俺はそれに加勢するよ」

ユキトの言葉にカイは「わかった」と同意し、

「僕とユキトで攻撃を仕掛け、仲間達や騎士は戦況に合わせて動いてくれ。怪我人《けがにん》が多いならばまずは騎士を助け後退する。まだ邪竜が動いていなければ、外へ出さないように」

カイの指示に仲間の他、周辺にいた騎士などが頷《うなず》いた。全員、覚悟を決めている――そんな雰囲気が見て取れた。

――やがて、作業を進めるツカサが転移できる人数について告げる。そこからカイはレヴィンやラオドと誰が向かうかを相談し、準備を整えた。

「この場に残る者達は、付近で魔物がいないか確認してほしい」

フィスデイル王国の騎士へカイはそう指示を出し、転移魔法陣周辺に王都へ戻る面々が集結した。

「邪竜が出現していなければ良いけれど」

そうカイは呟《つぶや》くが、希望的観測だろうとユキトは思った。カイは邪竜が生成した魔物を率いていた。そうした魔物達を通しカイの戦いを見ている可能性は十分にあり、であれば転移した直後に邪竜が攻撃を仕掛けてくるかもしれない。

「全員、戦闘態勢に」

カイの言葉により、仲間達は霊具を握りしめ魔力を高める。同時にリュシルがユキトの隣に立つ。

「ユキト」

「……ああ」

返事をした直後、リュシルの力がユキトの体に吸い込まれ、黒衣から純白へとその姿を変える。

それを見たツカサは杖《つえ》を構えて宣言する。

「魔法陣の効果を拡張し、一気に転移させる」

彼が握りしめる杖の魔力が高まっていく。いよいよだ、とユキトが呼吸を整えた瞬間、

「カイ、いいな？」

「ああ……ツカサ、頼む」

「では、行くぞ！」

ツカサが声を発し、周囲が光に包まれた。

そして——ユキトは視界がはっきりする寸前、様々な気配と臭いを感じ取った。戦場に広がる血の臭いと、熱気。体を包む粉塵《ふんじん》。それだけで、どのような状況なのか理解した。

視界が開《ひら》けると共に、ユキトは真正面に見覚えのない存在を目に留める。黒衣に身を包んだ銀髪の男。ただ発する気配で、誰なのかを悟った。

「邪竜——」

相手と視線を交わした時、戦況をはっきり認識する。迷宮から続々と現れる悪魔。それを抑え込もうとするフィスデイル王国の騎士とシャディ王国、ベルファ王国の騎士達。

邪竜の周囲には——多数、倒れ伏す仲間達。男の左には結界を構築し耐えるシェリスと近くにはオウキ。そして右にはナディとそれを守る形でセシルがいた。

セシルの傍《かたわ》らにはメイの姿も——その時、邪竜が、声を上げた。

「予想していた展開だが、勝負はこれでわからなくなったな」

その瞬間、聖剣の力を発したカイが邪竜へ向け攻撃を開始する。それに続きユキトもまた『神降ろし』による力を発し、突撃を始めた。

視界に映る、血だまりの中で倒れる仲間達の姿を見て――ユキトは咆哮《ほうこう》に近い声を張り上げながら邪竜へ肉薄。カイと共に渾身《こんしん》の一撃を見舞った――が、両者の剣を、邪竜は真正面から完璧に受け止めた。

「再び人間側につくという可能性は十分あり得た。しかし、余《よ》を倒すために手を組んだか？　それとも、人間的に言えば改心したか？」

カイは何も言わず邪竜の剣を弾《はじ》くと、その体へ一閃《いっせん》した。入った、とユキトは確信するほどの鋭さであったが、邪竜は剣を引き戻し難なく防いでみせた。

「様子からすると、改心したか。何か魔法でも受けたか……まあいい、理由はどうあれ人間と共に襲い掛かってくる想定はしていたさ」

二人がかりで攻撃しているにも関わらず、邪竜がユキト達へ迫る。それに対しカイは聖剣で受けたが――苦しい表情を見せる。

「これ、は……!?」

「察したか。迷宮から力を吸い出すくらいの予想はしていただろうが、まさか――」

邪竜はカイへ向け会心の笑みを浮かべた。

「――大気中から魔力を吸収するとは、驚きだろう？」

ユキトもその状況は認識できていた。目を凝らせば大気に満ちる魔力が邪竜へと吸い込まれていくのがわかる。

「聖剣は、間違いなく人類の切り札だ。よってこちらも可能な限り情報を取得し、策を講じた。結果聖剣が持つ機能を解析し、能力を奪うことに成功した。とはいえ」

邪竜の視線がユキト達の後方へ一瞬向く。

「時間を要すれば対策できるか。しかし、実現するまで持ち堪《こた》えられるか？」

「……ユキト」

カイは聖剣から魔力を引き出しながら、名を呼ぶ。

「僕の考えを凌駕《りょうが》する手法を生み出したようだ……であれば、選択肢は一つ」

時間を稼ぐ――策が成就するまで耐える。とはいえそれが機能するかはわからない。けれど既にカイは腹をくくっている。

「ツカサ、いけるかい？」

「全力を尽くす」

邪竜が先ほど向けた視線の先にはツカサがいた。彼は既に魔力を発し、動き始めている。

邪竜が大気中に存在する魔力を吸収――ならばツカサがそれを封じるべく作業をする。

その直後、メイの歌声が周囲に響いた。一瞬で彼女の力が周囲に満ち、邪竜へ挑もうとしている者達を鼓舞する。ユキトが見れば、彼女は涙を流しながら歌っていた。それはまさしく慟哭《どうこく》の歌――ディルを握る腕に力が入る。

「さて、仕切り直しだな」

邪竜は周囲の戦況にも構わず、カイへ視線を移しながら告げる。

「余《よ》を倒せば世界は救われる。しかし負ければ余が全てを支配する」

「……そうだな」

カイは応じながら聖剣にさらに魔力を注ぐ。だが、目の前にいる邪竜もまた魔力を高め、その圧だけで体が自然と強《こわ》ばってしまう。

「力の差は絶対的だ。それでもなお、戦うか？　聖剣を差し出し命乞いの一つでもすれば、助けてやってもいいぞ？」

「お断りだ。たとえ僕が支配を目指して一人で決戦を望むことになろうとも、絶対にお前には屈しない」

「ふん、聖剣の矜持《きょうじ》とでもいう気か？　まあいい……では、始めようか！」

邪竜が吠《ほ》える。同時、ユキト達へ魔力が突き刺さり襲い掛かってくる。

相手の剣をユキトとカイは同時に構え、二人がかりで防御した。剣がかち合うと同時に手から伝わってくる恐ろしい力。黒と白の勇者で対応したにも関わらず押し込まれてしまうのではと感じる、歴然とした差。

（これが邪竜の果たした研究の成果だと……!?）

邪竜の剣に驚愕《きょうがく》している間にカイは聖剣の力を活用してどうにか受け流す。ユキトもそれに合わせ邪竜の剣を避けると、左右から挟み込んで剣を放った。

二人の剣もまた、戦場を震わせるほどの魔力。だが邪竜がそれに対抗するべく力を発すると、いとも簡単に世界が塗りつぶされる。

ユキトの達の攻撃は邪竜の剣さばきによって容易《たやす》く防がれた。その動きはまさしく達人級。限界まで力を高めたユキトであっても、隙《すき》は見いだせず、ある確信を抱く。

(俺達が優位に立っているのは、唯一数だけ……たとえカイでさえも、今の邪竜を受けきることはできない……!!)

「聖剣使い、どこまで予測していたか知らんが、これは推察できていたか?」

邪竜が魔力をまとわせ一閃《いっせん》する。カイはそれを防いだが、反撃する余裕はまったくない。

「一つ剣を合わせた時点で気付いているはずだ。この肉体には人間の様々な技術が宿っている……余《よ》は剣術などわからないが、肉体に技術を仕込むという技法を確立したが故に、お前達に技量で応じることができている」

その時、邪竜の背後に大きな魔力。側面から回り込んだレヴィンとアユミであり、両者がまったく同時に攻撃を仕掛けた。

渾身《こんしん》の雷撃《らいげき》と全力の矢。けれど邪竜はカイを弾《はじ》き飛ばした後、軽く剣を振り払った。動作としてはそれだけ。結果、邪竜の周囲に魔力が生まれ、それが障壁となって二人の攻撃を防ぎきる。

「取り囲み優位に立とうとしているようだが、それも無意味」

「本当にそうか？」

レヴィンの返答は疑問だった。

「通用しないのであれば、防ぐ必要はなかっただろう？」

「なら試してみるといい。踏み込む勇気があるのならな、王子」

挑発的な言動にも応じず、邪竜はカイとユキトへ向け剣を構え直す。

「こちらにはまだ余裕があるぞ。それこそ、お前達二人の攻撃を防ぎながら背後や他の人間を始末できる程度には、な」

邪竜が迫り剣を放つ――斬撃はユキトがどうにか反応できるレベルだったが、剣を受けると刀身が軋《きし》んだ。

「っ……！」

「まずはその剣から破壊してみるか？」

このまま剣を合わせていたら、ディルがもたないかもしれない――が、その時一気に魔力が膨らんだ。リュシルの力だ、とユキトが認識すると同時に邪竜は笑みを浮かべた。

「天神……リュシルの力か。そちらの力にも興味はあるが、聖剣を得られれば必要ないか」

邪竜が剣を振り払う。それでユキトは弾き飛ばされ、どうにか体勢を維持しつつ剣を構え直す。

「しかしずいぶんと余裕がないな。本来であればもう少し抵抗できたはずだが、白の勇者との戦いで消耗したか？」

それは紛《まぎ》れもない事実。ユキト達は無理矢理魔力を回復させてはいるが、疲労感を払拭《ふっしょく》できてはいない。ただ、

（体調が万全でも、対抗できたか微妙だな……）

それほどまでに、明確な差がある。こうなっては残る希望はカイが仕込んでいた策。そして、背後にいるツカサの魔法。

とにかく邪竜の力を削《そ》がなければならない。ただ、時間を稼ぐにしろ今の邪竜相手にどれだけ持ち堪《こた》えることができるのか――

そこで、邪竜ではなく仲間達が動いた。アユミが再び矢を放つと同時にオウキやナディが動き、シェリスが渾身《こんしん》の魔法を繰り出すべく魔力を高める。

セシルもまた霊具を握りしめ、邪竜へと挑む。加え、ユキト達の後方からレオナやダインを始め、共に戦った仲間達が最後の敵へ向かって仕掛ける。

――ユキトはそれがどういう意味を持つのかわかっていた。同時にこれから起こるであろう惨劇に、声を上げそうになった。けれど、それを堪《こら》え自身もまた邪竜へ向かい駆け出していく。

「――犠牲を前提に挑むか」

そして目の前の光景を、邪竜は的確に把握する。

「時間稼ぎをして何になる？　後ろにいる魔法使いが策を施したとしても、それでやれるのは精々大気中の魔力吸収を阻害する程度だ――」

先んじて仕掛けたのはレオナ。紫色の炎が舞い、それが一瞬で邪竜の体を取り巻いた。

「目くらましにもならないな」

邪竜はわずかに身じろぎし魔力を発することで炎を吹き飛ばす。対するレオナはなおも炎を生み出そうとしたが――それよりも先に剣が迫る。

それに対しダインがかばうような形で刃《やいば》を受けた。しかし、彼の力では到底抑えきれるものではなかった。次の瞬間二人は吹き飛ばされ、さらにダインが持つ霊具が容易《たやす》く両断された。

けれど、二人はどうにか無事――次に挑むのはオウキ。邪竜の背へと向けた剣戟《けんげき》が炸裂《さくれつ》しようとした時、

「二人の勇者を除けば、お前が一番面倒な相手だな」

邪竜は彼の剣をまずは受けた。

「だからこそ、勝負は一瞬で済ませよう――」

言葉と共に一閃《いっせん》。オウキはそれを避けることができず――そこに割り込むように別の仲

間が援護に入った。次の瞬間、邪竜の刃《やいば》が仲間の体を通過して、鮮血が舞う。

「ほう、かばったか。だが次の剣で仕留められるぞ？」

邪竜はオウキへ向けさらなる剣を——放とうとした寸前、カイが間近に到達し聖剣が輝いた。その時点で邪竜は視線をカイへと移し、聖剣を受け止める。

「波状攻撃だとしても、仲間が消えればいつしか終わりを迎える——」

そこで、言葉が止まった。横手から跳躍したヒメカが、邪竜の頭部へ蹴りを叩《たた》き込んだためだ。けれど邪竜の首は折れ曲がることなく、ピタリと動きを止める。

「余《よ》の力を把握した上での攻撃。胆力《たんりょく》は驚嘆に値する」

邪竜の剣が煌《きら》めく。まずい、とユキトは叫ぼうとしたが全てが遅かった。

「その蛮勇《ばんゆう》に免じて一撃で終わらせてやろう」

剣閃《けんせん》がヒメカの体を通過し、彼女は地面に倒れ伏した。同時、突貫の声を上げ邪竜へ挑む仲間の姿。さらに周囲にいた騎士も足を前に出す。

総力戦——だが、邪竜はこの場において誰も彼もを瞬殺できるだけの力を有している。

仲間が挑めばそれだけで死の危機が迫る。

だが、ユキトとカイだけで戦えばいずれ最悪の事態は免《まぬが》れない——もはや選択肢はなかった。仲間の犠牲を払いながら邪竜と戦い続け、ツカサの魔法とカイが仕込んだ策が成功することを願うしかない。

「そちらの企みはおおよそ理解した」

そして邪竜はカイへ向け発言する。

「何かしら切り札を用意しているようだが、そんなものが果たして通用するのか?」

「切り札が何かを理解していない限り、挑発は意味がないよ」

カイの言葉に邪竜の口が止まった。何をする気なのかと目を細め思考した様子だが、

「……まあいい。どちらにせよ時間稼ぎしかできない様子。ならば、策が決まるよりも先に仕留めてしまえばいいだけのこと」

邪竜は右手に握る剣に魔力を収束させる。禍々《まがまが》しく、漆黒《しっこく》に包まれる剣は一撃受ければユキトでさえ耐えられないだろうと確信させられる。

「聖剣を弾《はじ》き飛ばすか、それとも天神と融合するそちらを潰《つぶ》すか……どちらでもいい。片方が倒れれば終わりだ。後ろにいる魔法使いの策すら間に合わせず、終わらせられる」

邪竜が迫る。そこへ、仲間達の一斉攻撃が注がれた。紫色の炎を始め、レヴィンの雷《らい》撃《げき》、シェリスの魔法、さらに仲間の霊具——メイの歌が最高潮に達し、戦場全体に伝播《でんぱ》。これ以上にないほどの高揚感に包まれたユキトは、身をすくませるほどの暴力的な魔力を身に受けながら、足を前に出した。

全てが結集した攻撃。これが通用しなければ、もう——どこか祈るような気持ちさえ抱きながらユキトは剣を振るう。そこで、見た。全方位から迫る攻撃に邪竜が、涼しい顔で

応じる姿を。

「示してやろう、絶望を」

邪竜を取り巻く魔力が大気を震わせ、飛来するあらゆる魔法を消し飛ばす。その中でシエリスとレヴィンの攻撃だけが届いたが、邪竜を怯《ひる》ませることすらできない。

ありとあらゆる攻撃が全て弾《はじ》かれる中で——それでも、仲間達は前に出た。同時にユキトは仲間達の声を聞いた。あとは託す、そんな声を。

邪竜の斬撃によって仲間が吹き飛ぶ。そこでユキトはあらん限りの力を込めて刀身に魔力を注いだ。通用するかわからない。だが、それでも退くわけにはいかなかった。

カイもまた仕掛ける。先んじて剣を振りかぶり一閃《いっせん》したのはユキト。ディルとリュシル、両者の力を収束した一撃に対し、邪竜は——剣で、容易《たやす》く受けた。

「見事な剣だ。勢いと鋭さだけならば、聖剣を上回るかもしれない」

ユキトの斬撃は、邪竜には届かない。そしてカイの剣が放たれようとしたわずかな時間で、ユキトの剣を弾く。

「しかし、天神と融合していても所詮《しょせん》はその程度——終わりだ」

キイン、と乾いた音が聞こえた次の瞬間にはユキトの手元からディルが消えていた。そこでユキトは邪竜を見据える。

聖剣を持つカイが迫ろうとしている中で、その視線はユキトを捉えていた。

そこからどう動くかはユキトも理解できた。まずはカイの聖剣を受け、それを受け流し武器を持たないユキトへトドメを刺す。その動きはユキトが後退する余裕すらない短時間で行われるだろう。

もはや死を待つしかない状況――けれどユキトの目に絶望はなかった。仲間達の犠牲は無駄にできない。必ず邪竜を倒すという強い信念の中で、右手に魔力を集める。

邪竜の視線はそれをしっかりと捉えている。霊具を引き寄せ、反撃に出るという意図をしっかりと読み取っている。だが次の瞬間、目がカイへと向けられた。ユキトからの攻撃よりもカイが先に来る。だからこそ、まずは聖剣に対処する。

視線の動きを、ユキトは見逃さなかった。同時、強引に一歩前に進むと同時にさらに右手に魔力を集め――剣を一瞬で引き戻した。

そして繰り出された剣戟《けんげき》は、カイよりも速かった。邪竜は奇襲同然の攻撃に対応が一歩遅れ、とうとうその体に剣が入った。

「――ほう？」

どこか他人事《ひとごと》のような声と共に、ユキトは剣を振り抜いた。ダメージが如何《いか》ほどかわからなかったが、少なくとも体勢を崩すことには成功。そこへ、カイが間髪入れず聖剣を叩《たた》きつけた。

二つの斬撃――邪竜の体が浮き、後方へ吹っ飛んでいく。そこへ追撃を仕掛けたのはシエリスを始めとした魔法を扱える者達。図ったわけでもないのに、一斉に攻撃が繰り出されその全てが邪竜へと突き刺さった。

轟音《ごうおん》と閃光《せんこう》が迷宮入口の戦場を満たす。次いで粉塵《ふんじん》が邪竜を覆い、ユキトは呼吸を整える。短時間の戦いだが、それでも肩で息をするほどの疲労感だった。

(もう一度、同じように攻撃しろと言われても厳しいな……)

「ディル、どうだ?」

『こっちは平気だけど……ユキトは辛《つら》そうだね』

「休憩を挟んだとはいえ、連戦だしな……リュシルさんは?」

『こちらもさすがにキツいわね。でも、今踏ん張らなければ』

リュシルの言葉にユキトは頷《うなず》きつつ周囲の状況を観察。迷宮の入口からは相変わらず悪魔が出現しており、それを騎士達が対処している。フィスデイル、シャディ、ベルファ──そこに加えレヴィンとラオドが引き連れてきたローデシアとマガルタの騎士が集い、総出で迎え撃っている。

そして、邪竜は──土煙が晴れる。総攻撃を受けたはずだが、その体躯《たいく》には傷一つついていなかった。

「多少は効いたよ。さすがに、虚を衝かれた形だからな」

そう述べたが、邪竜の顔には余裕の笑みが。

「しかし、それだけだ。どれだけ抵抗しようとも、余《よ》を傷つけるには至らない。たとえ時間稼ぎが成功しても、歴然とした力の差がある。勝ち目はないぞ」

ユキト達は剣を構え直す。視界の端に映る、倒れ伏す仲間達を見て——自らを奮い立たせる。

カイもまた聖剣から魔力を発し徹底抗戦の構え。邪竜はそうした光景に、口の端をさらに歪《ゆが》ませる。ユキトはその意味を理解した。絶望的な戦いでも抗《あらが》う人間達。滅びに向かう姿に、喜んでいる。

「最後まで勇ましく戦う……か。ならばそのまま終わらせてやるとしよう。余は支配者だ。人間達の生を喰《く》らい……全てを、手に入れる」

邪竜が動く。ユキトとカイがそれに応じるべく足を踏み出した——その時だった。

グオン、と空気が歪むような音がした。それと同時にユキトの後方、ツカサが立っている場所から魔力を感じ取った。

「——ほう」

邪竜が立ち止まる。ユキトとカイもまたそこで停止し、数メートルの距離で邪竜と相対する。

「これほどの速度で魔法を形成したか……よもやこうなることを読んでいた、ということではあるまい？」

「これは、様々な状況を想定し考案した魔法だ」

その言葉はツカサからのものだった。

「迷宮内での戦闘において、外部から魔力を吸収し力を得る魔物がいるだろう、という想定をして開発したものだ」

「なるほど、迷宮攻略のために準備をしていたか。まさかここまで短期間に吸収能力を封じられるとは思っていなかったが、これは所詮《しょせん》力の一部」

「だが、力を封じられた以上弱くなった、だろう？」

カイが述べると、邪竜は無表情となった。そして、

「……これで勝ったと思ったか？」

「まさか。そちらが持つ力は強大だ。こちらは多数の犠牲を伴いようやく、力の一つを封じ込めた……差はさらに広がったと考えていいだろう」

そう語りながらカイの目は、鋭く邪竜に向けられていた。

「次は僕の切り札だ……邪竜。僕がこうした策を用いると予想できなかったことこそ、最大の落ち度だ」

「何を言っている？」

「先入観と言い換えてもいい。僕が聖剣を持っているからこそ、こんな手を用いることはない――いや、用いる人材などいるはずがない。そう考えたことが、邪竜……お前の敗因

だ」

次の瞬間、ツカサの魔法の時と同様にグオン、と空気が歪《ゆが》むような音が生じ、そして、

「……な──」

邪竜が初めて驚愕《きょうがく》の表情を見せた。同時にユキトは理解する。目の前にいる邪竜の圧倒的な気配が、消えた。

「簡単なことさ」

カイは聖剣の切っ先を邪竜へ向けながら、続ける。

「迷宮の支配権──邪竜自身は支配者だが、それはあくまで支配する権利を持っているにすぎない。根本的な話、迷宮の支配とは『魔紅玉』を手にすることとイコールだ。ならば、地上に出てきた邪竜を横目に『魔紅玉』を押さえ、その支配権を誰かに移してしまえば、強大な力は霧散《むさん》する」

邪竜が咆哮《ほうこう》を上げた。身の内に残っている魔力を引き出し、瞬間的にだがユキト達を圧倒する力を生み出す。

「とはいえ、体内に残る魔力は相当なものだろう。しかし、無尽蔵の力は消えた。これで僕らは、滅ぼせる」

邪竜は足を後方へ向けようとした。明らかにそれは逃げの気配。迷宮へ戻り、自らの力で扉を閉め、再度力を蓄えようとする動き。

だがそれをまずカイが制した。剣を掲げたかと思うと刀身から光が生まれ、それが一気に拡散。邪竜の背後を取り巻いた。

「逃がさない。ここでお前を滅ぼす！」

邪竜は即座に方針を転換。標的をユキト達へ定め直し、剣に力を集め強引に薙《な》ぎ払おうとした。莫大《ばくだい》な力は相変わらずだったが、その魔力に限界があることはユキトにも理解できた。だが、

（まだ、邪竜の策を潰《つぶ》しただけだ。力勝負である以上、わからない――!!）

ユキトは全身に力を入れながら邪竜へ走る。目の前にいる強大な力は衰えていない。長期戦になれば魔力が減っていく邪竜が不利だが、相手はそれをわかった上で戦法を変えるだろう。

（邪竜は万が一を考慮して逃げようとしたが、カイはそれを防いだ……が、ここからだ。ここからの戦いが――）

「ユキト！」

思考する間にカイが名を叫んだ。

「わかっていると思うが……ここで全てを決める！」

「ああ！」

ユキト達の剣が同時に放たれる。しかし邪竜はそれを剣で受け、魔力を発し二人を吹き

飛ばそうとした。

　魔力がまるで稲妻のように周辺に拡散し、その勢いが周辺にいる仲間や騎士達の動きを制限する。これだけ大量に魔力を放出すれば、当然供給ができない以上は短時間での弱体化が避けられない――が、邪竜は少しでも温存するという策は即座に捨てた。

（残る魔力を一気に使い窮地《きゅうち》を脱する……それこそが最善の策だ）

　ユキト達はそこで剣を引いて相手と距離を置く。直後、邪竜が声を発した。

「なるほど、そちらの策が上回った。これは事実だ」

　カイへ向け、自らが策で敗北したことを認めた。

「だがそれでやれたのは、魔力の供給を遮断しただけだ。まだ余《よ》の身の内には魔力が残っている……それを用い、全てを滅ぼせばいいだけの話だ！」

「ああ、そうだ。まさしく真実だ」

　カイもまた邪竜の言葉を認めながら、聖剣を構え直す。

「だからこちらは、総力戦で応じるだけだ」

　――既に展開は済んでいた。ユキトとカイが邪竜と戦う間に、仲間や騎士達が邪竜を取り囲む。

　邪竜の正面にユキトとカイが並び、仲間達が散らばる形で布陣している。さらにあらゆる国の騎士達が剣を構え、王子王女もまた控えていた。

「準備は万端のようだが――これで勝ったつもりか？」

邪竜は剣の切っ先をカイへ向けながら問い掛ける。

「わかっているはずだ。これだけ取り囲んだとしても――」

「理解しているさ。状況はようやく五分といったところだろう。だからこそ……ここで、決着をつける！」

カイが動く。ユキトもまた踏み込み、最後の死闘が始まった。

多数の魔法、霊具が邪竜へと注がれる。だが当の邪竜は魔力をまとわせ防御をしながらカイとユキトの攻撃に応じる。

聖剣とディルの一閃《いっせん》は、邪竜にしっかりと受け止められる。そこへ、漆黒《しっこく》の剣に紫色の炎がまとわりつく。

レオナの攻撃であると同時に邪竜の剣が発する魔力が弱まる。それが決定打となりユキトとカイの剣は邪竜の刃《やいば》を押しのけた。

弾《はじ》かれた邪竜は苛立《いらだ》ったような顔を見せながら、再び剣に魔力を収束させ――回転切りを繰り出した。四方から迫る仲間や騎士達を斬りながら、視線は一切ユキト達から離さない。

邪竜がここで吠《ほ》えた。魔力による圧で周囲にいる人間の動きを少しでも止めようとしながら、ユキト達を迎え撃つ。

「ユキト！　進め！」

その時、カイからの指示が聞こえてきた。何を言いたいのかユキトも理解する。邪竜はあくまで自分達に狙いを定めている。だからこそ、こちらに注意を向けさせ仲間達の攻撃によって体勢を崩させる。

その直後、カイよりも先にユキトは剣を繰り出した。下から上へと薙《な》がれた剣戟《けんげき》に対し、邪竜は漆黒の剣を構え防いだ——が、

「はあっ！」

間近まで迫っていたナディの拳《こぶし》が邪竜の腰へと叩《たた》き込まれた。あまりに肉薄した状況にユキトは内心ヒヤリとしたが、続けざまに撃ち込まれたシェリスの魔法が邪竜の脳天を貫き——とうとう、体勢が崩れた。

ユキトが切り返すのとカイが聖剣に魔力を集め斬撃を放ったのは同時。両者の剣は邪竜の体へしかと入り、体に存在していた魔力を大いに削る。

「貴様ら！」

邪竜は怒気を膨らませながら体表面に魔力を注ぐ。それにより防御力を高め——そこで、視線をユキト達から外した。

横から迫ろうとしていたのはレオナ。それに続きオウキもまた彼女とは逆方向に迫り、

さらに後続には他の仲間達も――それは紛《まぎ》れもなく、命を賭《と》した動きだった。邪竜もまた意図に気付き、怒りと共に告げた。

「いいだろう。ならば、存分に思い知れ――余《よ》の力を！」

暴虐的な邪竜の剣が放たれる。それを受けきることは至難の業であり――対応できなかった仲間達が凶刃《きょうじん》に倒れ伏す。そうした光景を見ながらユキトは、全てを怒りと共に力に変え、邪竜に肉薄する。

「おおおっ！」

仲間達が作った決死の隙《すき》を活かし、ユキトは再び邪竜へ斬撃を決めた。右肩から腹部まで斜めに走り抜けた剣により、邪竜の力がさらに減っていく。

消耗し続ける魔力だが、まだ邪竜を倒すまでには遠い――その時、強引に攻め立てた要因でユキトの間近に漆黒《しっこく》の剣が迫った。それはどうにか剣で受けたが、一時せめぎ合いとなり邪竜は強引に押し通そうとする。

しかしそこに、紫色の炎――次いで、背後からセシルの剣が邪竜へ入った。両者の攻撃は体勢すら崩すことはできなかったが、魔力を減らすことには繋《つな》がった。邪竜は苛立《いらだ》った様子を見せながら、標的を別に変える。

「邪魔だ――！」

狙いはレオナ。彼女は斧《おの》でどうにか受け流した――とユキトが思った矢先、強引に剣を切り返しその体へ一閃《いっせん》する。

「っ――!!」

ユキトは声を上げようとした。けれどそれよりも前にレオナの視線が向いた。

「――行って！」

意識すら失いそうになるであろう状況の中、レオナは叫び最後の抵抗を試みた。霊具から発された紫炎が一挙に邪竜へと吸い込まれていく。

「最後まで邪魔をするか――」

トドメを刺すべく邪竜は動こうとしたが、それよりも前にカイが迫った。なおかつ敵の背後からは攻撃を避け生き残っていたオウキが。そして両者の刃《やいば》がまったくの同時に邪竜へと突き刺さる。

「ぐっ……!?」

今までとは違う反応。効いている、と直感した矢先、今度はツカサとシェリスの魔法が邪竜の体躯《たいく》へ直撃した。確実に減り続ける魔力。そして、限界はそう遠くないと悟ったユキトは、足を前に出し一歩で間合いを詰めた。

「食ら、え――!!」

レオナの言葉に従うように、ユキトは前だけを見て邪竜へ一撃叩《たた》き込んだ。さらに魔力は減り――次の瞬間、邪竜は吠《ほ》えた。

咆哮《ほうこう》にも似た叫びと共に再び魔力を発した。風を伴うものであり、明らかにユキト達を吹き飛ばそうという意図のあるもの。けれどその場にいた者達は怯《ひる》まなかった。全員が例外なく耐え、いち早く動き出したのはカイ。

「――敗因を伝えようか」

彼が握る聖剣が、青白く輝く。

「僕とユキトだけしか見ていなかったこと、犠牲を出しながらの戦いを嘲笑し、油断したこと……あるいは己《おのれ》の力を過信したこと。様々な要因があるけれど、決定的なのは一つだ」

カイの剣が放たれ、邪竜の体を駆け抜ける。

「どれだけ力を、技術を得ようとも覆《くつがえ》せないものがある。一番の敗因は……戦闘経験のなさだ。最後の攻防、力を持つ僕やユキト以外に、仲間達をもう少しだけ気に掛けていれば、勝敗は違っていただろう」

「き、さ、ま――」

「終わりだ邪竜。名すら持たなかった者よ……世界を脅《おびや》かした者よ。僕らの前で、果てろ」

魔力が、霧散《むさん》していく。邪竜はしかし、それでも抵抗を試みカイへ剣を振ったが、それが届くより先に、漆黒《しっこく》の刃《やいば》が塵《ちり》となって消えた。

「余《よ》の、世界が――」

邪竜はそう言い残し、消え失《う》せた。一瞬、周囲が沈黙に包まれた後……歓声と、怪我人《けがにん》を介抱する人の声が響いた。

「迷宮の扉を閉めてくれ！」

カイはすぐさま後方にいるツカサに呼び掛ける。彼は即座に了承し、作業を始めるべく周辺にいる宮廷魔術師に声を掛ける。

「カイ、扉を管理する詰め所は破壊されているけど……」

「ツカサがいればなんとかなるさ。僕らは扉が閉まりきるまで、迷宮から出てくる悪魔達を迎撃しないと」

そう言いながら視線は周囲に向いている。騎士や仲間――そうした人達が倒れ伏し、メイを始めとした癒し手が魔法を使い応急処置を行っている。

明らかに手遅れな人間もおり、その中にレオナの姿を見つけユキトは無念そうに目を細めた後――前を向いた。

「カイ、行こう」

「ああ……メイ、ここは任せた」

メイは答えなかった。歌い続け疲労も相当なはずだが、彼女は苦しい表情を一つ見せないまま怪我人の治療を進めていた。

ユキトはその姿を目に焼き付けながら、歩き始める。足は重く、今更ながら疲労感がずっしりと肩にのしかかってくる。

無理もない、とユキトは思う。そもそもカイとの戦いから連戦続きであり、いくら継戦能力が高くとも限度というものがある。全てを振り絞って二度戦った以上、体は休息を欲している。

しかし、ユキトは足を前に出した。迷宮の入口からは邪竜を倒したにも関わらず悪魔が出続けている。ただしその勢いは明らかに減っており、悪魔の数が残り少ないのか、それとも命令系統を失い外へ出てくる個体が少なくなっているのか——どちらにせよ、今いる悪魔を倒せば状況を打開できそうだった。

「ユキト、大丈夫かい？」

ふいにカイが問い掛けてくる。聖剣を握るその姿を見てユキトは、

「カイの方はどうなんだ？」

「正直、限界に近い……が、今やらなければならない。そうだろ？」

「ああ、そうだな」

ユキトは剣を強く握りしめる。幸いながら『神降ろし』の能力は維持できている。

「……ディル、リュシルさん、まだいけるな？」

『平気』

『私も問題ないわ』

「なら、扉が閉まるまで……頑張ろうか」

カイが聖剣から魔力を引き出す。それに合わせるようにユキトもまた魔力を生み――交戦を、開始した。


悪魔との戦いが終わりを告げたのは、邪竜を滅してからおよそ一時間後のことだった。ゆっくりと閉まっていく扉を見据え、ユキトは大きく息をついた。

「終わった……のか？」

邪竜は倒した。迷宮の支配者は滅び、残すところは『魔紅玉』を手に入れることだけ。けれど心のどこかで、まだ戦いが終わってないとも感じた。

それはカイの計略。彼が邪竜へ語っていたことによれば、迷宮の支配権を邪竜から誰かに移すことで、魔力供給を遮断した。その作戦は理解できるが、問題は誰がこの策を実行したのか。

カイは策の詳細を語っていない。とはいえ口を開くのはそう遠くないだろうと思いながら、ユキトは剣を鞘《さや》に収めた。

ここでリュシルが姿を現しユキトの『神降ろし』が解除される。すぐさま騎士に駆け寄り、彼女もまた治療を開始した。

ユキトは辺りを見回す。倒れた騎士や仲間達を運ぶ騎士の姿が見える。やや距離はあったがシェリスを始めとして各国の王族と、竜族であるラオドも治療を受けていた。全員負傷し衣服を赤く染めている。意識を失うほどではないにしろ、怪我《けが》の度合いは相当に深いようだった。

そして少しずつ戦場だった場所の情景が変化していく中で、カイだけは閉まっていく扉を凝視している。

ユキトはさらに視線を巡らせ、倒れているある仲間に気付いてそちらへ駆け寄る。

「ダイン……！」

彼は倒れ、魔術師から治療を受けていた。意識を失っていて目をつむっているが、呼吸はしっかりとしている。

「邪竜の魔力を身に受けて意識が飛んでいるようですが、命に別状はありません」

魔術師はそう解説しつつ処置を施している。ひとまずユキトは安堵《あんど》した。

次いで他の仲間達を確認する。騎士や仲間を治療するメイ、シェリスと話をするオウキ。そしてなおも扉へ目を向け続けるカイと、彼に駆け寄っていくツカサ。

動いている仲間は——ユキトを含め五人だけだった。

「ユキト」

セシルの声。見れば左腕を負傷した彼女の姿が。

「そっちの怪我は？」

「大丈夫よ、出血は止まっている。ユキトの方は？」

「連戦でかなりキツかったけど、どうにか乗り越えた」

ユキトは質問に答えると、心の底から安心感を覚えた。

「……無事で良かった、セシル」

その言葉にセシルは微笑を浮かべると、間近まで近寄りユキトの手を握った。

「ユキトも無事で良かった……終わったのよね、これで」

「……いや、まだだ」

「え？」

「まだ、終わっていない。邪竜の策を壊したのはカイなんだけど、それによって戦いには続きがある」

迷宮の扉が完全に閉まりきる。それを確認した後、カイはユキトの方へ向いた。

「体は大丈夫かい？」

「どうにか、な……でもあともう一戦やれと言われたらさすがに無理だぞ」

「それはないよ。安心してくれ」

微笑を浮かべたカイは、もう一度迷宮へと目を向け、

「僕は本来、ユキト達を倒して邪竜との決戦に臨むつもりだった。けれど、仕込んでいた

策を考えると単独では負けていた可能性が高いね」

「俺達と共に戦ったから勝てた、ということか？」

「そういうことさ」

「……カイが仕込んだ策は、何だ？」

ユキトが問い掛けるとカイは沈黙する。その一方で仲間達や王族達が近づいてきた。

「犠牲は大きかったが、勝利できたな」

そうした中で口を開いたのはレヴィン。

「これで平和になる……と、言いたいところだがそういうわけではなさそうだ」

王子はそこまで言うと、カイを見据え、話を続ける。

「仕込んでいた策が機能して勝ったわけだが、邪竜が持つ迷宮との関係を切り離すということは当然、新たな存在が迷宮の主《あるじ》になった、だろう？」

カイが淡々とした表情で頷《うなず》くと、レヴィンはなおも質問を重ねる。

「迷宮の扉を閉めたということは、なおも悪魔が出てくるのを防ぐため……命令できる存在が入り込んだのか？」

「あくまで邪竜の持っていた権限を切り離しただけです。とはいえ、彼が迷宮を支配するために必要な時間はそう多くないでしょう」

「彼？」

問い返したレヴィンに対し、カイは一拍間を置いた後、語り出した。

「ユキト、落ち着いて聞いてくれ」

「……ああ」

「ジャレム平原での戦いより前、僕は記憶を取り戻した。それはとある存在によって……記憶を戻すトリガーは、邪竜の目的を聞くことであり、その瞬間に僕は戦いの目的を変えた」

つまり、その存在が迷宮へ入り込んだ――ユキトはそれで全てを理解した。

「ザインか」

「……そうだ」

「っ!?」

その場にいたメイやオウキだけでなく、因縁のあるシェリスやナディもまた、表情を強《こわ》ばらせた。

「ベルファ王国における戦いで、俺達は魔神となったザインと戦い勝利した……が、しぶとく生き残っていたと」

「そうだ。僕は記憶を取り戻した直後、彼と取引を行い、手を組んだ。そして平原での戦いの後、邪竜の動きや戦いの情勢を踏まえ、大きな作戦を任せた」

「つまりザインが迷宮へ入り込み邪竜から支配権を奪ったと……なるほど、ザインなら間違いなくカイに手を貸すな。邪竜を倒すために、裏切ることもない」

「いや、それは少し違うな」

ユキトの言葉に対し、カイは首を左右に振った後、リュシルへ視線をやった。

「僕とユキトの攻防……最後の最後でユキトの剣の動きが変わった。リュシルさんが無理矢理曲げたものだろうと容易に推測できたが、あれは隙《すき》を見いだしたザインが助言したものだね？」

「そうよ」

――そのやりとりを受け、今度こそユキトは目を見開き驚いた。

「ザインが……!? どういうことだ!?」

「僕としては、当初邪竜が開発している技術情報を得たら、始末するつもりだった……が、ジャレム平原での戦いで敗北したことにより予定を変更することにした」

「何気に、ヒドイことをしようとしているな」

ユキトの指摘にカイは苦笑しつつ、

「ザインの方も僕を利用して立ち回っていたわけだし、お互い様だよ……で、だ。本来は使い魔を用いて対応しようとした計画をザインにやってもらうことになった」

「それが迷宮の支配権強奪……成功率が上がると考えて？」

「ああ。結果から言えば、使い魔では成功しなかっただろう。限りなく力を失い邪竜でさえ気付けなかったからこそ、迷宮へ入ることができた」

　ここで再びカイの視線はリュシルへ向けられる。

「僕が策を巡らせる間に、ザインもまた動いた。僕が負ける方が良いと考え、リュシルへ情報を流したというわけだ」

「ごめんなさい、ユキト。私はザインの生存を知っていたし、また同時に情報も受け取っていた。ただ取引ではなく、単に私へカイの隙《すき》……言わば剣術の癖について教えてもらっただけ。所在や何をしようとしているのかまでは、わからなかった」

「……カイ、ザインは自分が勝利するため、そうしたんだな」

「迷宮の支配権を手に入れるだけでは自分が勝者になれないと判断したんだろうね。聖剣を持つ僕に対する策として、事前に仕込みをしたわけだ」

「でも、カイは生き残り人間側に立った」

「ああ。現在ザインは迷宮の支配権を得て、まずはボロボロな体に魔力を注いでいるだろう。それがすぐ終わったとしても、迷宮を再構築して魔物を生成するまでには時間が掛かるはずだ」

「根拠があるのか？」

「邪竜から色々と迷宮の詳細については教えてもらったからね。『魔紅玉』によって生み出された迷宮の支配者なら、出現と同時に迷宮の権能を全て扱えるけど、外部からの存在であったなら制御するのに時間を要するんだ」

そこまで語ったカイは、大きく息をついた。

「ザインが仕込んだ策を踏まえれば、僕と邪竜は共倒れになる運命だった……でも僕はユキト達と共に戦うことで生き延びて、世界を救うために剣を振るおうとしている。これが答えだったとは、皮肉な話だね」

「カイ、迷宮へは……できる限り早急に踏み込むのか？」

ユキトからの問い掛けにカイは深々と頷《うなず》いた。

「今ならば……迷宮を制御できていない今なら、僕らは最深部へ急行できるはずだ。残った仲間も少ないし、リスクはもちろんある。でも、復興を待って悠長に準備をするわけにもいかない」

カイはそう断言した。すると、カイの意図を理解したリュシルも発言する。

「ザインは迷宮にとって部外者……邪竜と同じように、外へ自由に行き来ができる」

「そうだ。ザインが力を得て何をするかわからないけれど、迷宮の権能を手にした以上、外へ転移できる能力を有したのは間違いない。ならば待てば再び大陸で惨劇が生まれる可能性がある」

繰り返されてしまう。邪竜によって生み出された悲劇が。

「だから今しかない……本当ならすぐにでも向かいたいところだけど、さすがに体力も限界だ。明日……一日休んで、全てを終わらせよう」

カイの言葉に一同頷く——多数の犠牲によって手に入れた勝利。そして残された者達だけで最後の決戦に挑む。

多数の不安がつきまとう中で、ユキトは静かに闘志をみなぎらせた。今度こそ終わらせる——そう胸に誓《ちか》いながら——

＊　＊　＊

流れ込んでくる力は、まさしくザインにとってもっとも欲していたもの。大地から、迷宮から注がれる力に、本来ならば狂喜乱舞する——はずだった。

「……はっ、そうか、そうかよ」

どこか自嘲的にザインは呟《つぶや》く。周囲には魔物すらいない、完全なる孤独。

作戦そのものは完璧だった。迷宮の扉が再び開いた直後にザインは潜入を果たした。そして邪竜に見つからないよう迷宮内を進み——やがて邪竜が外へ出るため動いていることを知る。

カイから聞いていたため迷宮の内部構造は頭の中に入っていた。よって邪竜と鉢合わせになるようなこともなく、ザインは迷宮最奥へと入り込めた。信奉者が一人でも残っていれば作戦の結末は違っていたかもしれないが、その力さえも取り込もうとしてあえて人間達に始末させたことが、徒《あだ》となった。

ザインが最深部で見たのは、石の台座に安置された禍々《まがまが》しい魔力を放つ『魔紅玉』であった。真紅の球体を見て「本当に紅《あか》いんだな」とどうでもいいことを考えながら、ザインはそれに手をかざした。

球体に触れずとも、力を行使することはできる——これもまたカイに聞いていた通り。というより、人間が『魔紅玉』を調べたことによる研究成果と言うべきか。

そしてザインは迷宮の支配権を得て、邪竜の戦いぶりを観察した。自分の行動によって窮地《きゅうち》に立たされるその姿を見て、

「はっ……最後の最後に出てきて負けるか」

どこか侮蔑《ぶべつ》にも似た感情が湧き上がった。

「あれだけ人間を手玉に取って、最後があれか。ここまでの戦い、全て邪竜の想定通りだったとしても……完璧な力を得ても、最後の最後で負ければどうしようもないって話か」

ただそこには間違いなく自分が関わっている——ユキトが勝利したのは自分が情報を流したため、という確信がザインにはあった。

本来なら、事が思惑通りに進んでほくそ笑むところだ。なおかつ自分はカイの作戦を通して力を手にした。流れ込んでくるその魔力は、ザインを最強に仕立て上げる。自らを魔

神と称したあの時をも超える力を手にした。

しかし、

「……なるほど、な。これが俺か」

何かを悟ったかのようにザインは言葉をこぼす。莫大《ばくだい》な力——邪竜が独占していたその力を得て、全てを理解したように、

「それじゃあ次に俺のやることは決まっているな……」

ザインは虚空へと視線を投げる。視線の先には地上——そこには、邪竜を倒したユキト達がいるはずだった。

「本当の決戦というやつだ……この戦いの結末を、しっかりと描こうじゃないか」

ザインは笑うこともせず、ただ無表情に呟《つぶや》いてみせた。

第二十五章　黒白の勇者

　ユキト達は一度迷宮から離れ城へと移動した。それぞれの自室へと入り体を休めることにしたのだが、その前に今一度状況の確認ということで城内の一角、小さな会議室へ集まった。

「眠ればきっと朝まで起きられないだろうから、今のうちに話し合っておこう」

　カイからそう提案され、ユキトは同意した。とはいえ疲労感は相当ある。体は重く、すぐにでもベッドに入りたいところだが――やっておかなければならなかった。

　この場にいるのは生き残った来訪者――ユキト、カイ、ツカサ、オウキ、メイの五人とセシルにリュシル、そして騎士エルトの八人。ユキトの身の内にはディルもいるのだが、表には出ていない。

　本来ならばシェリスを始め各国救援に来てくれた面々も代表者として会議に参加すべき――なのだが、カイの方針によって今回は参加していない。その理由は、

「王都にいるフィスデイル王国の騎士達は疲弊している。それを踏まえると、彼らにも色々やってもらう必要があるからね」

——迷宮の扉は閉じられ、中から出てきた悪魔も倒した。しかし邪竜出現による余波なのか、王都周辺に魔物が出現していた。ザインの命令で動いているのかどうかは不明だが、防衛に回る人員がいなければまずいことになる。

「騎士エルト、あなたには防衛の指揮をお願いするよ」

「わかりました……ザインとはあなた方だけで戦うと？」

「そういうことになるね。現時点でザインは迷宮を完全に掌握《しょうあく》していないだろう。残った悪魔もそう多くはないだろうし、最深部へは容易に到達できるだろう。よって少人数でも戦いに挑むことは可能だ」

カイはそこで視線を宙に漂わせ、

「そして王都に駆けつけた各国の援軍……騎士とその代表者達は回復するのに数日必要らしいから、不参加が無難だろう」

——彼らとしては歯がゆい思いかもしれないが、仕方がないともユキトは感じた。

「それに、だ。下手に参加して何かあれば……国際問題に発展しそうだし。リュシルさん、そうだよね？」

「ええ、それには同意するわ。迷宮に入っても問題ないようにするには、各国の同意を得る必要があるけれど、そんな時間はないでしょう」

「ああ。僕達に残された時間は少ない……ザインが迷宮を掌握してしまったら、容易に最深部へ行けなくなる。そうなれば、再び魔物は地上へ侵攻を開始する……悲劇を食い止めるには、少しでも早く攻略するしかない」

カイはこの場にいる者達を見回す。全員がやる気に満ちていることを悟ったか、一度深く頷《うなず》いた。

「話を進めよう。踏み込むのは僕ら残る来訪者と、リュシルさん」

「ええ」

彼女の同行はユキトが『神降ろし』を使う以上は当然であると言える。

「そしてセシル……自ら志願したということだけれど――」

「もし役に立たないと思うなら、断ってもいいわ」

決然とした物言いでセシルは述べる。その瞳には、カイの判断に従う――かつ、決戦に加われば身命《しんめい》を賭《と》して戦うという気概に満ちている。

リュシルという特殊な事情を除けば、戦列に加わるかもしれないこの世界唯一の人間。彼女はユキト達と召喚当初から関わりがあったことからここまで共に戦ってきた。霊具の成長を経て、魔神と戦った経験もある――ユキトはカイへ視線を送る。それで彼は意図を理解し、

「……セシルの能力は僕達にとっても心強い。次の作戦では、メイの護衛を頼まれてくれるかい？」

「ええ、わかったわ」

「メイ、決戦となったら君の歌が特に重要だ」

「うん」

「ザインと真正面から応じるのは僕とユキトの二人。メイとツカサはその援護を行い、オウキはツカサの護衛を頼むよ」

「二人だけでいいのか？」

オウキが問い掛けるとカイは小さく頷《うなず》いた。

「ああ。邪竜との戦いを考慮すると、ザインに対抗しうる攻撃は僕の聖剣かユキトの『神降ろし』だけだろう……もちろん、相手の防御力を下げるなど色々手法はあるけれど、そこは戦いの中で判断する。まずはこれ以上犠牲者が出ないよう立ち回ることが必要だ」

カイの言葉に一同沈黙する――邪竜という目標としていた相手を打倒したが、それには多大な犠牲が伴った。これ以上仲間がいなくなれば、ザインとの決戦も立ちゆかなくなる危険性がある。

「次の戦いで決着をつけるつもりではいる……けれど、退却するなんて事態も想定しなければならない。よって、仲間達の協力によって逃げられる余裕を作っておかなければ」

そうカイは述べたが、彼自身は最後まで戦い続けるつもりだろう、というのはユキトも顔つきから推測できた。

「先にも言ったけれど、時間が経過すればザインは完全に迷宮を掌握《しょうあく》し、再び世界へ侵攻を開始するだろう。よって明日、決着をつける」

カイの言葉にユキトを含めた一同は頷いた。

話し合いの後、時刻は夜を迎えユキトは城内にある医務室へと赴《おもむ》く。そこには意識を失い目が覚めていないダインがベッドで寝かされていた。

「ザインのことを伝えるべきだと思ったけど……この様子だと、決着まで起きなさそうだな」

兄弟の因縁そのものはベルファ王国の戦いで片がついている。しかしまだザインが生きているのであれば――

「眠っている間に決着がついたとわかれば、彼自身気にするかもしれないよな……」

『話すかどうかはリュシルとかと話をすればいいんじゃない？』

ふいに、頭の中でディルの声が響いた。

『ここまで一緒に戦ってくれたし、リュシルも目を掛けるだろうから』

「……まあ、それが無難か。この戦いが終わっても一緒に仕事をするかもしれないし、折を見て話をする、とかでもいいかな」

『一緒に仕事？』

「ああ、ザインを倒したとしても、俺達の旅路は終わっていない。迷宮にある『魔紅玉』に俺達は仲間を蘇《よみがえ》らせてくれと願うつもりだから、元の世界へ帰るためには自力で方法を見つけないといけない」

『迷宮が復活したらもう一度潜って願いを叶《かな》える？』

「そもそも迷宮を再起動させるのかもわからないからな」

とはいえ――仮に迷宮を復活させなくとも、フィスデイル王国を含め大陸各国はユキト達に手を貸してくれるだろう。ならば、元の世界へ戻る手段を得ることはそう難しくないのでは、と考えることもできる。

（とにかく、ザインだ……迷宮を攻略できれば、終わるんだ）

ユキトは間近に迫る戦いの終わりに思いを馳《は》せつつ、自室へ戻ろうと医務室を出る。廊下を歩いていると、

「……ん？」

声――否《いな》、聞き慣れない歌が聞こえた。それがメイによるものだと察したユキトは、音を頼りに進んでいく。

辿《たど》り着いたのは中庭。照明に見立てた魔法の明かりが点在しているため比較的明るかったが、人気《ひとけ》はほぼなく、歌声が空間を満たしていた。

ユキトは声の方へと歩いていく。すると召喚された直後、この中庭で歌った場所にメイ

が立っていた。

彼女は足音で気付いたようで、歌を止めると首を向ける。

「ユキト？　どうしたの？」

「こっちのセリフだよ。昼間、歌い続けていたらしいけど、まだ歌うのか？」

「喉《のど》の方なら心配ないよ。魔法もあるし」

「もし痛めても治せるってことか……それで、何の歌を？」

「この世界にある鎮魂の歌を」

その言葉を聞いてユキトは「なるほど」と呟《つぶや》いた。

「散っていった騎士達に、か」

「仲間達にも、ね。私達は生き返らせるために頑張っているとしても、皆懸命になって戦ってくれたから」

メイは空を見上げ、再び歌い出そうとした——が、彼女は動きを止めた。

「……ねえ、ユキト」

「何だ？」

「倒れた仲間のことについてだけど、カイは遺体を収容しているじゃない？」

唐突な会話の転換にユキトは眉をひそめつつ、

「ああ、そうだな」

「カイはずいぶんと亡くなった仲間のことを気に掛けていた……それで、今日も話し合いが終わった後に仲間達が眠る場所へ赴《おもむ》いていた」

「カイが何かしているかもしれない、ってことか？」

「……別にもう一度裏切るとか、そういうわけじゃないんだけど、なんというかまだ隠し事があるような気がして」

「気になっていると」

「疑うわけじゃないけど——」

「メイの言葉はもっともだ」

と、カイの声がした。ユキトが視線を転じると、歌声を聞きつけてか彼もまた庭園へとやってきた。その格好は、以前の同じ騎士服へと変わっている。

「正直、あまり気持ちの良い話じゃないからね……反感を持たれてしまうと戦いに支障が出るかも、と考え話さなかっただけさ」

「……何かしているの？」

「邪竜との戦いに備えて、というより戦いが終わった後に関する話だけどね」

カイは肩をすくめる。ユキト達が言葉を待っていると、

「僕らは『魔紅玉』で仲間を生き返らせると決めた。ただ、仮に生き返るとして、どういう形でなのか気になったから、少しばかり遺体に細工をしたんだ」

細工――カイはユキト達のことを一瞥《いちべつ》し、続ける。

「生き返る形としては二つ。一つは死亡した体が再生する形で蘇《よみがえ》る。もう一つは、この世界ではなく元の世界で復活する」

その言葉を受け、ユキトは眉をひそめた。

「前者についてはわかりやすいけど……後者はどういう理屈だ？」

「過去に人を蘇らせた事象を調べたところ、遺体を生前のように戻すのではなく、過去から生きた状態を引っ張ってくるという形みたいだ。ならば城に安置されている仲間達の体が消え、願いを叶《かな》えた場に復活する……と、考えるのが妥当ではあるけれど、問題は過去から引っ張ってくるという点」

カイの話に、ユキトとメイは黙って耳を傾ける。

「ユキト達は以前、リュシルさんから『魔紅玉』について話を聞いたみたいだけれど、色々調べたら人を過去から引っ張るといってもその時期はバラバラだったんだ。死の淵《ふち》だった場合もあるし、あるいは死んでしまった一年前だったというケースもあった。なぜそのような事象が起きるのかを調べたけれど、具体的な解答は得られなかった」

ここまでの発言によりユキトはカイの言いたいことを察し、

「もし生き返る基準がこの世界で死亡した直前であれば問題はないけど、それとは違うタイミングであったなら、元の世界に戻る可能性がある？」

「そうだ。そもそも元の世界で僕らはどうなっているのか不明ではあるけれど、ね」

「仮にそうだとしたら、何かあるのか？」

「……もし向こうの世界で生き返った場合、記憶はどうなると思う？」

記憶──単純に考えるのであれば死ぬ直前までの記憶を保有しているはず。けれど、

「異世界からやってきた俺達は例外的だし、どうなるのかわからない……」

「そうだ。よって僕は、遺体に眠る記憶に関係する魔力を引き出して処置をしていた」

「記憶……それを、どうするんだ？」

カイは問い返したユキトへと近づく。

「ここに来たのはユキトとメイにも魔法を憶えてもらおうと思って」

「魔法……？」

「既にツカサやオウキには伝えた。仲間から引き出した記憶は、魔力として僕が持っている。戦いの後、もし僕が倒れた場合は生き残った面々で記憶を引き出し『魔紅玉』へ願う際に、魔力を注いでほしい」

「それで、いいのか？」

「調べた限り、それで上手《うま》くいくはずだ……僕が話さなかったのは、記憶を抜き取るなんて話をしたら反発が起きるかもしれないと考えてのことだ」

ユキトはメイへ視線を送る。彼女も見返し、カイが語った内容について胸中で吟味《ぎんみ》す

る。

次に口を開いたのは、メイ。

「記憶……それを戻す意図は？」

「この世界で起きた出来事は、僕らにとって悲惨なものだ。けれど、僕は残すべきだと考えた。傲慢《ごうまん》と言われても、この世界を訪れたことを憶えていてほしい。それだけさ」

――カイの言葉は澄み切っており、真実なのだとユキトは確信できた。

「それに、残された者達のことを考慮した結果でもある」

「……どういうことだ？」

「例えば今回の戦いで誰か一人だけ生き残ったとしよう。願いを叶《かな》え、誰もが復活を遂げ……けれどそれは元の世界で記憶を失っていたら、帰っても空《むな》しくなると思わないかい？」

「ああ、なるほどな……つまりカイは、自分が生き残って一人だけ記憶を持っていることが辛《つら》くなるだろうと考えた」

「そんなところさ」

「確かに自分の空虚感を埋めるべく、記憶を保持するため色々やっている……傲慢だな」

「だろう？」

「でも、考えを改める気はないんだな」

カイは頷《うなず》いた。その所作でユキトは野心を思い出す前と今では決定的に違うのだと察する。

「俺はカイの野心を斬ったけど、記憶や感情は残っているのか」

「僕は誰からも認められるために活動してきた。結果、他者が望むだけの成果を上げた。言わば滅私《めっし》……それが良いことだと思っていたけど、今は違う。傲慢《ごうまん》であっても。自分が望むならそれを実行するさ」

その時、ユキト達は笑った。明かりも少なく、夜空の星が見える中庭で、声が響く。

「……カイ」

ユキトは、カイへ向けて言った。

「野心を消し人類のために戦えと仕向けたのは俺だ……その罪は、いつでも糾弾《きゅうだん》していい」

「なら一つ、ユキトの頼みが」

「何だ？」

「戦いが終わり、ユキトがこの世界に留《とど》まるか、帰るかはまだわからない……けれど、もし帰ることになったら、僕の友人でいてくれるかい？」

「当たり前だろ、そんなの」

「なら色々と仕事を頼んでも？」

「内容によるな、それは。生徒会の仕事をやってくれと言われたらさすがになあ……」

「まあまあ、ユキト」

メイは笑いながら声を掛けてくる。

「どうするかは戦いが終わってからにしよ？」

「……そうだな」

「あ、でも一つだけ確認したいんだけど」

メイが言い出す。ユキトとしては何が言いたいのか容易に察することができたため、

「セシルのことか？」

「正解。話しに行かないの？」

「……決戦前だし、特別な夜であるのは事実だけどさ、戦いが終わった後もこの城で世話になることだし、話をするなら後でもいいかなと」

「む、それもそうか」

「様子を見に行くことくらいはするつもりだけど」

「ならそれでいいよ……私としてはセシルを幸せにしてほしいけどなあ」

「……ゆっくり考えるさ」

ユキトは返答した後、空を見上げた。

「ようやく、ここまで来たんだよな」

「ああ」

呟《つぶや》きに答えたのはカイ。

「絶望的な状況からのスタートだったけれど、多くの仲間を犠牲にしながら、ここまで辿《たど》り着いた」

「カイ、勝てると思うか？」

「邪竜の時もそうだったけれど、全てが僕の目論見《もくろみ》通りとは限らない。ザインはもっとも僕らと戦った敵だ。迷宮の支配権を得たばかりでやれることは少ないと思うけれど、それでも僕らを倒すための策をひねり出すだろう」

カイの言葉にユキトは頷《うなず》いた。ザイン――幾度も刃《やいば》を交わしたユキトだからこそ、絶対に戦力差を埋める何かを考えつくだろうと確信した。

「僕らはそれを打破し勝つ……鍵となるのはメイとツカサだ。相手の罠《わな》を破るための強化と魔法。だからこそ二人には護衛を頼んだ。ザインは邪竜と僕らの戦いを見ていただろうし、後方支援を担当する二人を相当注意しているはずだ。セシルとオウキの役目は大きいから、その辺りもしっかり言い含めておかないといけないかな」

「二人なら、大丈夫だろ」

ユキトが言う。カイは一度見返した後に微笑を浮かべ、

「それじゃあ、魔法を伝えよう。時間はそう掛からない。五分程度で終わる」

前置きをし、説明を始める——星々が煌《きら》めく中、ユキト達は談笑を交え穏やかな夜を過ごすこととなった。

——翌朝、ユキトはいつものように起床し身支度を整えた。次に部屋を出て食堂へ向かう。

既にそこではカイを始めとした来訪者が集合し、雑談に興じていた。仲間達は一度袂《たもと》を分かつこととなったカイとも以前と同じように接しており、問題はないとユキトは安堵《あんど》する。

ユキトが座ったところで食事が始まり、和気あいあいとした雰囲気の中で時間が過ぎていく。

セシルがこの場にいないことをユキトは気に掛けたが、それを察したメイが「騎士側で用事があるみたい」と告げ納得した。

やがて食事を終え、カイから集合時間を言い渡されて一度解散。ユキトも部屋へ戻り、窓の外を見た。

広がる町並みと、その奥にある迷宮。穏やかな風が室内に入り込み、ふと今までのことを思い返す。

召喚され、右も左もわからないまま剣を手に取り戦った。自分の過去と向き合い、乗り越え、仲間を助けながらここまで来た。

自分はこの世界で成長できた――たとえこの先困難なことにぶつかろうとも、この経験が自分のよすがとなり、今まで想像もできなかった未来を紡《つむ》いでいくだろう。

「……さて、行くか」

一言発し、ユキトは部屋を出る。迷いなく廊下を進み続けエントランスへ到着すると、リュシルとセシルを含めた仲間達が待っていた。

「全員揃《そろ》ったね。それでは迷宮の入口へ向かう」

カイが号令を掛け、ユキト達は転移魔法陣によって移動。着いたのは迷宮上の公園であり、ユキト達は無言で歩き始める。

総勢七名。極めて少人数で行われるこの戦いは、人類の運命を左右するもの。目標はユキト達と戦い続けた信奉者――否《いな》、もはや邪竜は潰《つい》え、信奉の対象はいなくなっている。故に、邪竜に成り代わった存在、ザイン。因縁の相手。

転移魔法を介しユキト達は迷宮の入口へ。そこで予想外の事態に直面した。

「来たか」

声を発したのは入口周辺にいた人物。多数の護衛を伴っているその存在を見て、口を開いたのはセシルだった。

「陛下……!?」

フィスデイル王国の王、ジークがそこに立っていた。

「迷宮の入口付近に各国の代表者がいるとわかったため、カイ達が来る前に挨拶《あいさつ》をしておこうと考え来たのだ」

「何事かと思いましたよ」

シェリスが声を上げる。ユキトはジークの周囲に彼女を始め、ナディとレヴィン、そし
てラオドがいることに気がついた。

彼らは戦いによる傷は塞《ふさ》がっているようだが、一夜明けても疲労は取れていない様子で
あった。まとう魔力は弱々しく、全力の戦闘は難しいだろうと確信できた。

そんな彼らの中でいち早く声を上げたのは、ラオド。

「最後まで戦いたかったが……現状では足手まといにしかならないと判断した」

「ここまで手を貸してくれただけでもありがたいさ」

カイはそう述べるとラオドへ向け微笑を浮かべた。

「各王族とも話をしてみたいけど、全ては戦いが終わってからにしよう」

「迷宮踏破をしたら、改めてマガルタ王国に招待させてもらう」

「お、抜け駆けか？」

次に声を発したのはレヴィン。

「そういう話ならばまず、ローデシア王国を訪ねてほしいが――と、話を進めると喧嘩《けんか》に
なりそうだな。ここまでにしよう」

ここでナディはメイへ近づき、シェリスはオウキへと駆け寄った。ラオドはユキトの眼前に来て、

「あの人の孫が、再び迷宮へ足を踏み入れるか……なんというか、因果を感じるな」

「正直、俺は祖父の足跡《そくせき》を辿《たど》っているわけではありませんが……それでも、あの人の教えがあってここまで来れた」

ユキトはラオドと視線を交わし、

「必ず、世界を救ってきますから」

「力強い言葉だ。頼む……マガルタ王国へ来るのであれば、私の屋敷にも来てくれ。君の祖父のこと……迷宮の戦いがどのようなものだったか、改めて語るとしよう」

「はい、ありがとうございます」

話をする間にカイはジークとレヴィンへ近寄り、会話を始めた。和やかな空気と、笑い声。それが少しの間流れた後、カイはユキト達へ号令を掛けた。

「では行こう……決戦の地へ」

そう告げ、カイは歩き出す。ユキトがそれに続き、その真後ろをリュシルとセシルがついていく。

数歩遅れてツカサとメイが進み、最後尾にオウキが——そして、迷宮の扉が開き始める。

　ユキト達が近づく中で、入口付近にいた魔術師がカイへ声を掛ける。

「入口周辺、及び地上から観測できる範囲で魔物や悪魔はいません」

「ありがとう」

　礼を述べたカイはいち早く迷宮の地面を踏んだ。それに追随し次々とユキト達が歩を進め——全員が中へ入った直後、扉はゆっくりと閉められた。

　迷宮内は岩壁むき出しの洞窟のような造りであり、岩そのものが発光しているのか、魔法の明かりなどを使用せずとも視界が確保されている。

「さて、ようやく僕らは迷宮に入ったわけだが」

　聖剣を抜きながらカイは告げる。

「迷宮の構造については頭に入っているし、最深部へは進めるだろう。迷宮の支配者によって、設置された罠《わな》などに違いはあるようだけれど、迷宮内の構造そのものを変えることはできないからね」

　そこまで語ると、彼は周囲を見回した。

「そしてどうやら、邪竜が生成した魔物や悪魔は消えている。ザインがまだ魔物を生成できていない様子だけど……これには理由があると思う」

　それは何なのか、と問い掛けるより先にカイは続けた。

「ザインは取り込んだ力を制御しきれていないため、魔物の生成などはせず、制御を完璧にすることを優先した……道中で魔物がいなければ確定だ」

ユキトはカイが語る間に気配を探る。けれど、感じ取れる範囲で魔物の存在は感知できない。

「索敵《さくてき》を続けながら先へと進もう。ただユキト、戦闘に入るまでは『神降ろし』は控えてくれ」

「わかった」

同意し、ユキトは進む。洞窟内には気味が悪いほど足音が響き始めた。

迷宮内は静寂に包まれ、ユキト達を阻《はば》むような存在どころか罠《わな》すらない状態だった。無人の野を歩くような状況に最初は誰もが戸惑い、リュシルは「もしかしてザイン自身が何かあって消滅したのでは」と推測したほどだったが――第五層まで差し掛かった時、ツカサの言葉によって彼女の言説は否定された。

「ここまで来れば第十層……つまり、迷宮最深部についても観測できる。結論から言えば、二つの巨大な魔力がある」

「一つはザイン、もう一つは『魔紅玉』か」

「ああ。それ以外に魔物の気配はなしだ」

ツカサの話を聞きながらユキトは周囲を見回す。第一層では単なる岩壁だったが、今はまるで大理石でも使用したかのように綺麗《きれい》な石材によって迷宮が構成されている。

そんな視線に気付いたのか、リュシルが一つ解説を加えた。

「ここは元々魔神の住処《すみか》だったから、攻め込まれても迎え撃てるように下層は強固な城を築いたのよ」

「だからこその迷宮か……迷宮構造は変わらないにしても、魔物や罠を用いて迷宮の支配者は最奥へ踏み込ませないようにする、か」

「そうね。けれどザインはカイの推測通り、力の制御を優先し魔物は作っていないわね」

「……本当に、それが理由か？」

ユキトの疑問に、仲間達は視線を集める。

「ザインはまるで、早く自分の所に来いと言っているような気がする」

「誘っていると？」

「それよりも、俺達との決戦を望んでいるというか……いやまあ、これまでザインがやってきた所業を考えれば、あり得ないかもしれないけど――」

「そうでもないさ」

と、ユキトの言説をカイが肯定した。

「色々と理由はつけられるけれど、ユキトが語ったことが本質かもしれない」

「ザインが決着をつけたいと？」

「彼は信奉者だ。人を捨て、邪竜に与《くみ》した……いや、それすらも演技であり、自分が頂点に立つべく力を求めていた……他の信奉者とは大きく違う」

カイは語りながら迷宮内を見回した。

「邪竜によれば、迷宮の支配者は魔神の影響を受けるらしい。強烈な支配願望と欲が噴き上がり、全てを得るために邁進《まいしん》する……邪竜自身、もしかすると迷宮内に存在している魔神の魔力を受け、人格すら変化していたかもしれない」

「だとすると、ザインにも同じことが起こっている？」

「どうだろうね。仮にそうだとしたら迷宮は防備を固めているはずだ。魔神は何より『魔紅玉』を失わぬよう、防衛するみたいだからね。けれどここまで来て罠《わな》どころか魔物すらも見られない以上、力を手にしたザインは魔神の力による人格変化は受けていないのかもしれない」

――それが何を意味するのか。カイはそれ以上語ることなく、移動を再開。ユキト達もまた歩き始めた。

時折ぽつりぽつりと会話を挟む程度で、ユキト達は進んでいく。最深部へ近づくにつれて気配だけは濃くなり続ける。やがて魔法など使わずとも、肌で感じられるようになっていく――迷宮最深部に眠る、巨大な力を。

ユキト達は次第に無言となり、それでもなお歩き続けた。ただ警戒の度合いが強くなり、体に力が入るようになる。そうした中でユキト自身、戦闘態勢に入るべきかと考えた時、仰々《ぎょうぎょう》しいほど幅のある下り階段が見えた。

「この下だ」

カイが言う。いよいよだと全員が思うと、彼は指示を出す。

「全員、戦闘態勢に。布陣は打ち合わせをした通りだ。ユキトも『神降ろし』を」

「ああ……リュシルさん」

声を掛けるとリュシルは首肯《しゅこう》し、その力をユキトへ委ねた。途端、彼女の姿が消えユキトの姿が黒から白へと変化する。

直後、カイが先導する形で階段を下り始める。足音だけが異様に響き、何の障害もなく階下へと到達した時、ユキトは辿《たど》り着いた場所が今までよりも遙《はる》かに広い巨大な空間だと理解した。

これまで石造りだった迷宮が、ここだけ入口付近と同様岩肌がむき出しの洞窟に変わっていた。壁や天井には光があり、空間内を見回すことができる——そして巨大な空間の中央に、強大な魔力が二つ。

一つは石の台座に安置された真紅の球体。血の色のように紅《あか》いそれから脈動するように魔力が生まれている。もう一つは台座の手前。ユキトにとってひどく見覚えのある男の姿があり、視認すると同時に剣を構えた。

「よく来たな、勇者一行」

まるで、物語のクライマックスであるかのような口上で、男――ザインは告げる。

「信奉者は滅び、邪竜も消えた。残る障害は俺だけになった……まあ、そこにいる白の勇者様が俺をここへ寄越《よこ》したわけだが」

「それこそ邪竜を倒す策だったからね」

カイが応じると、ザインは台座から一歩離れた。次いで両腕をかざすとその手に短剣が握られる。

「感謝の一つもしてほしいなあ。俺はちゃんと作戦通りやったぜ？　俺がいなければ、全て終わっていただろ」

「ザインの言い分は正解だけれど、共倒れを狙っていただろう？」

「まあ、そうだな。リュシルにメッセージを渡し、聖剣使いを始末する。そして邪竜は迷宮の支配権さえ手に入れればどうとでも……と、言いたいところだが手駒もまともにいない状況下では、どう転ぶかわからなかったな」

ザインは語りながら一歩近づく。ユキトとカイは応じるべく足を前に出した。

「共同戦線を張ったことで倒せたんだ。めでたしめでたし……後は、俺達の戦いを片付けるだけだ」

「その前に、一つ尋ねたい」

唐突なカイの言葉。ユキトは眉をひそめ、ザインも訝《いぶか》しげに彼を見やる。

「あん？　今更何だ？」

「この戦いで世界はどうなるのか決まる。故に、聞いておくべきだと考えたまでさ。ザイン、君は僕らを倒した後、何をする？」

問い掛けの直後、沈黙が訪れた。ユキトはそんなもの、魔神の力による支配――と思いかけて、あることに気付く。

「……ふ」

次に声を発したのは、ザインだった。

「ふふ、ふ……なるほどなあ。お前は察していたわけだ。俺が力を得ればどうなるのか」

「僕が人類を裏切り全てを支配するべく謀略を企てていた時、確信したよ。ザイン、君は間違いなく力を得ることに固執したけれど、力を得て何を成すかは考えていない」

カイは聖剣を構えながらも、まるで言葉をザインへ向ける刃《やいば》のように、紡《つむ》いでいく。

「だからこそ、今問い掛けている。見たところ邪竜のように魔神の影響を色濃く受けてはいない様子。きっと一度その体に魔神の力を注いでいるためだと推測できるが」

「ああそうだ。全部正解だよカイ。俺は魔神の力に思考を侵食されていない。ここにいるのは混じりっけなしの、ザインという自我だ」

ザインは笑う。これまで見せたのと同様、醜悪《しゅうあく》な笑み。

「ならば俺は自分のしたいように力を使える……支配する力。何もかもを蹂躙《じゅうりん》する力。俺は間違いなくそれを得た。だが、そこから先は何も無かった。ただ一人、全てを捨てここまで来てようやく悟ったよ。俺は無様で孤独な王だとな」

笑みが消えた。ザインの視線は、鋭くユキト達へ向けられる。

「力を得て、俺は何もかもを見返したかった。焦燥感《しょうそうかん》と欲望がとめどなく体に渦巻《うずま》き続けた。邪竜から力を得ても飽き足らなかった。そして今、俺は自分でも認めるほどの膨大な力を手にした……が、それで終わりだ」

一転して苦笑が浮かぶ。邪竜との戦いからまだ丸一日も経過していないが、その短い時間でザインは様々な思いを抱いたことがわかる。

「見返そうとした人間なんざ一人残らず消え失《う》せている。ならば、俺は何のためにここまで来たのか……カイ、お前はそれで悩むだろうと察していたようだな」

「確信したわけじゃない。けれど、そういう思考によって付け入る隙《すき》はあるだろうな、くらいは考えていたよ」

「はん、全てが計算ずくか……お前はやっぱ優秀だな」

言いながらザインはもう一歩足を前に。まだ距離はある。しかし、ユキト達の力ならばすぐにでも戦闘を始められる、そんな間合い。

「確かに、この力で誰かを屈服させようなんて気にはならなくなった。力を得たことで、俺は満足しちまった……支配を目指す？　んな馬鹿なこと、俺自身が無理だと知っている」

ザインは短剣を構える。その痩躯《そうく》に、殺気が宿る。

「だが、一つだけまだやり残したことがある。お前らとの決着だ。白と黒の勇者……そして邪竜を倒した英雄ども。この力で全部喰《く》らってやるよ」

「その後はどうする？」

「そうだな……俺は迷宮にとって外部の存在。当然、邪竜と同様に魔物を外へ送り込める。俺は力を手にしたが、全てを支配する資格も力量もない……なら、ひと思いに全てを破壊するのも一興だな」

「なら僕達は、それを止めよう」

「崇高《すうこう》な戦う理由だ……ああ、それでいい。今この時をおいて、渇望も空虚も、全て忘れさせてくれ……戦うことで、忘れさせてくれ！」

魔力が膨らんだ。邪竜と相対した時に匹敵するほどの圧力。ただ、発する気配からは怒りや憎しみといった感情は皆無だった。

手にした力で蹂躙したいという、純粋な願いの発露。まるで欲しい物を手にしながら右往左往するような子供のようだとユキトは思った。

「……ユキト」

カイは聖剣に魔力を注ぎながら、告げる。

「彼の願い通り、戦って……終わらせよう」

「ああ」

ユキトもまた剣に魔力を収束させ――ユキト達とザインが動き出したのは、まったくの同時だった。

メイの歌声が広大な空間に響き渡り始めた時、聖剣とディル、そしてザインの短剣が激突した。ザインは両腕の短剣でユキト達の刃《やいば》を綺麗《きれい》に受け止めたところから、戦端は切り開かれる。

カイが押し返すと同時にザインは流れに任せ後退。刹那、ザインの背後に影が生まれ、自身の姿を象《かたど》った分身が複数体姿を現した。

「最後の最後も、その戦法か」

カイが評する。それに対しザインはニヤリと口の端を歪《ゆが》ませた。

「ワンパターンと言いたいのか？　だが、迷宮の力を得た以上、別物だぜ――とくと味わえ！」

咆哮《ほうこう》と共に分身が動いた。左右に一体ずつ分かれたかと思うと、残る分身はザインの傍《そば》に控える形。分かれた左右の分身からは圧するほどの魔力が漏《も》れ出し、その動きは明らかに後方を狙っている。残る分身は二体、かつ力は左右の個体と比較すれば低いが、魔神の力を宿している以上十分な脅威となる。

「カイ、後方は――」

ユキトがどうすべきか問い掛けようとした時、ザインと分身が一斉に襲い掛かってきた。動きの鋭さは魔神を宿していた時と比べても桁違《けたちが》い――ベルファ王国でザルグスと名乗り魔神の力を得た時は鈍重《どんじゅう》な制約を抱えていたが、今回は違う。強大な力を痩躯《そうく》に凝縮しており、身体能力も半端ではなかった。

（考える余裕は、なしか……！）

ユキトは悟り目前に迫る相手だけに意識を集中させる。同時、ユキトとカイへ向け漆黒《しっこく》の分身が殺到した。

漆黒の体躯から放たれる短剣は、ザイン本体とまったく同じ勢いを伴っていた。ユキトは短剣を一度受け流したが、追いすがるように攻撃が向かってくる。

ユキトにとってこれまでの戦いで経験したことのある戦法だが、強大な力が加わったことで、邪竜を倒したユキト達を押し留《とど》めるほどのものに変貌していた。

「おおおおっ！」

雄叫《おたけ》びと共にザイン自身も突撃する。自分の命を省みないような動きでありながら、絶対にユキトかカイの首をとるという凄《すさ》まじい覚悟を秘めた、鬼気迫る表情がそこにはあった。

「リュシルさん！　ディル！」

ユキトは名を呼びながら全身に力を込め、一気に魔力を高めた。邪竜との決戦から一晩経過しただけだが、体はしっかりと応えてくれている。いける、と内心思いながらユキトは剣を振るった。

カイもまたユキトとタイミングを合わせるように聖剣の力を高め——二人の斬撃は、分身の体を押しのけるばかりか攻撃をはね除《の》け、その体へ斬撃を叩《たた》き込むほどだった。いかに魔神の力であっても二人の一撃によって、漆黒《しっこく》の体躯《たいく》は一斉に消え去った。

けれど、ザインの攻撃は止まらない。無謀な行為であるのは明白だが、その目には勝機を見いだしたかのような強い意思がある。確実に何か狙っている——ユキトはそう思いながらも結論を出す暇はなく、ザインが放った短剣の片方を剣によって防ぎ、カイもまた聖剣で攻撃を防いだ。

途端、ザインが持つ短剣から漆黒の炎が湧き上がる。これが狙いかと思った矢先、カイが聖剣の力を膨らませて炎を消した。ユキトも半《なか》ば反射的に魔力を高め、その力で漆黒を吹き飛ばす。

「さすが、二対一では難しいか」

ザインが呟《つぶや》くと同時、ユキトの剣が一閃《いっせん》される。だが既に相手の体は少し離れ、掠《かす》めただけ。

後退しながらザインは短剣を構え直す。加え、自らの周囲に再び漆黒の影を生み出した。

「だが、魔力面は問題ねえ。不意の一発さえ食らわなけりゃあ、どれだけでも戦える」

語る間にユキトの後方で金属音が聞こえてくる。最初、左右に分かれた影が後方へ攻撃している。

本来ならば援護に向かうべきかもしれないが、目前にいる魔神の力を宿す存在が、させてくれない。もし一時《いっとき》でも目を離せば、短剣が首筋に突き立てられて終わると確信できた。

「僕らと後衛を分断したか」

カイは冷静に現状を分析しつつ、聖剣を構え直した。

「けれど、それはあくまで分断しただけだ。僕らの策を防ぐには遠い」

メイの歌はまだ続いている。そして、後方にも大きな魔力が生まれる。

「このまま戦えば勝てると考えているのかい？」

「さすがにそこまで甘くはねえだろ。だが――」

言い終えぬ内に、ザインの横手から光が押し寄せた。ツカサの魔法だ、とユキトが認識した直後に相手は短剣で光を防いだ。

「俺は古《いにしえ》の魔神と同義の存在だ。たかが天級霊具の魔法で足を止めると思うなよ！」

ザインが再び駆ける。対するユキトはここで相手の策をおおよそ理解した。

分断した上で、後方から仕留めてユキトとカイの弱体化を狙っている——実際、有効な作戦ではあった。ユキト達はそれぞれの霊具による強化に加えメイの歌とツカサの魔法という援護がある。まずはそこを崩さなければ勝てないとザインは認識し、実行に移している。

影の相手はそれぞれセシルとオウキが担っているはずだが——ユキトは自分の目で状況を確認したい衝動に駆られたが、ザインの圧倒的な気配はそれを許さなかった。

「さあ次はどうする！　どちらかが後ろの援護に行くか？　それとも——」

「残念だけど」

ザインの言葉を遮《さえぎ》るように、カイは言った。

「このまま押し切らせてもらう」

「ほう、後方は無視か？」

「影の能力は生み出された瞬間に把握したよ。確かに凶悪だが、今のオウキとセシルなら対抗可能だ……魔神の力を得ているとはいっても、生成できる分身の能力に限界はあるみたいだな」

——ザインの表情が強《こわ》ばる。それに対しカイの聖剣が一際輝き、広間を満たした。

「一目見ただけで特性も理解したよ。魔神の力によって純粋に強化した個体……けれど後方へ攻撃を行う個体を無限に生み出せるわけじゃない。時間が必要であり、あれらは事前に用意していたものだろう？」

ザインは無言で短剣を構える。同時にその体躯《たいく》から魔力を発露したが、

「即座に生成できる個体の能力も把握した……終わりにしよう！」

カイが走る。ユキトは一歩遅れて追随し、ザインへ肉薄。すると先ほど生んだ分身が盾《たて》となるようにユキト達を阻《はば》んだ。

そこでユキトは目前にいる影の能力を察した。魔物と比べ遙《はる》かに――悪魔と同等の力を持っているが、それでも後方へ攻撃を仕掛けた分身よりは弱い。

（最初に現れ後方へ攻撃をした分身はあらかじめ準備していたもの。瞬間的に生み出される分身の強さを考えれば、能力は雲泥《うんでい》の差だ）

ユキトはザインを阻む分身を斬った。影は防御をしたが、それすらはね除《の》け問答無用の剣戟《けんげき》により消し飛ばす。カイもまた聖剣の力を存分に引き出し分身を瞬殺。これで邪魔立てする者はいなくなった。

そしてザインへ向け駆ける――もはや分身を生み出す隙《すき》さえ与えない。魔神の力を持つ相手の能力を踏まえれば、一撃で仕留められるかはわからない。だがユキトとカイの剣ならば、致命的な傷を負わせられる可能性は十分あった。

「ちっ！」

ザインは舌打ちをしながら迎え撃つ構え。対するユキト達は剣へさらに魔力を収束させるだけの余裕があった。

莫大《ばくだい》な魔力がディルと聖剣に集まり、広間を震わせる――ザインは短剣を交差するように構えた。受けきると決めたらしい。

「賭けだな、ザイン！」

カイが叫ぶ。それに相手は、

「ああ、そうだな！　だがこれに耐えられれば――」

最後まで言えなかった。ユキト達の猛攻が始まり、その全てを短剣で受けることだけに集中する。

耐えて果たして何になるのか、とユキトは疑問に思いながらザインへと攻撃を続ける。カイもまた剣を振り続けており、この攻防で決着をつけようと動いているのが明瞭にわかった。

そしてザインはどこまでも防御に徹し、二つの刃《やいば》を受け続ける。その瞳にはなおも力が宿り、何かを狙っていることは容易に推測できる。

一方でカイの動きは何か仕掛けてくる前に終わらせようとするもの。これまで策によって何度も出し抜かれてきたことから、時間が経てばザインの有利に働くと考えたため――

ユキトは確かにそうだと考えながら攻める。なおも二人の剣がザインへ殺到し、それでもなお相手は諦《あきら》めることなく食らいつく。

そして背後から大きな魔力。ツカサによる援護だとユキトは察し、その魔法が決定打を作り出すかもしれないと思った矢先——それは起こった。

ザインが笑みを浮かべた。危機的状況で笑いがこみ上げてきたのかと最初考えたが、違う。ユキトは背後に感じる魔力がザインによるものだと直感した矢先、轟音《ごうおん》が生じた。広間全体を震わせる、あまりに大きな音だった。ユキトは全身で振動を感じ、何が起きたのかを把握しながらも、視線はザインから離さない——否《いな》、離せない。その間にも歌が止まり、仲間達の魔力が——

「動きが鈍《にぶ》くなっているぜ！」

ザインは途端、反撃に出た。後方に意識を向けたユキト達の剣を弾《はじ》くと共に、攻勢に転じる。その鋭さはユキト達に一瞬で迫るほどのものであり——けれど両者は回避に成功し、ザインの反撃は空振りに終わった。

カイは即座に立て直し、剣を一閃《いっせん》。攻撃に転じていたザインの短剣を弾き飛ばしてその体に当てた——が、浅い。

「ちっ！　やっぱ無理は禁物だな」

ザインは一瞬で飛び退《の》いた。間合いから大きく外れると共に、ユキト達へ向け会心の笑みを浮かべる。

「勝利するには賭けの一つや二つ勝たないとなあ……見てきていいぜ？　俺の方も息を整える時間は欲しいからな」

ザインは魔力を練り始める。魔神の力を身に宿しているが、それを余すところなく使えるというわけではない様子──ユキトは魔神の力をザイン自身が扱えるよう変換しているのだと察する。

つまり、膨大な力を即座に使えない以上、好機ではあったが──ユキトはザインへ背を向けた。一方でカイは動かない。警戒し、その場に留《とど》まることを選択した。

後方を狙ったザインの分身は消え失《う》せていた。けれどそれは仲間達が倒したのではなく、先ほどの大きな音──分身が自爆したのが原因であった。

「カイ、いくら聖剣を完璧に使いこなせていても、限度ってものがある」

ユキトが仲間達の所へ駆け寄る間に、ザインは語り始めた。

「特性を把握したと言ったたな？　分身そのものに仕掛けがないため、対処は容易……そう考えたんだろうが、残念だったな。まあ、俺はお前がそういう風に感じるだろうというのを確信した上で仕込みをしたんだが」

ユキトは一番近くに倒れていた仲間に近寄った。それはオウキであり、鮮血にまみれた彼は──もう、呼吸をしていなかった。

「策を警戒していたな？　何度もやられた以上それは正解だし、念入りに探ったはずだが……ああ、責任を感じる必要はないぜ？　俺があんな仕掛けをしていた時点でどうあがいても犠牲は免《まぬが》れなかったというだけの話だ」

次にメイとツカサ。どうやらツカサがメイを守るべく盾《たて》になったらしく、彼の方が体の損傷はひどかった。そして彼もまた既に――

「ユキ、ト……」

メイの声だった。慌てて駆け寄ると、痛々しい彼女の姿。

「メイ！」

「ごめん、最後まで一緒に戦えなくて……」

「謝らなくていい……メ――」

名を呼ぼうとした矢先、彼女の瞳から光が消えた。大きな喪失感《そうしつかん》と共に、自分自身の血が冷たくなっていくのを感じる。

「う……」

そして最後の一人。ユキトが首を向けると、やや距離がある場所で倒れるセシルの姿があった。

彼女の方は目立った外傷がない。それを見てユキトは、メイが突き飛ばしたのだろうと理解した。セシルはメイを守ろうと盾となったに違いない。けれどそれは他ならぬメイ本人が拒否した。

「セシル！」

駆け寄ると、彼女はゆっくりと起き上がった。そして倒れ伏す三人を見て悲痛な顔を浮かべた後、

「……大丈夫よ。ユキト、私も――」

「ああ、わかった」

皆まで言う必要はなかった。鎧《よろい》についた土埃《つちぼこり》を払いながらセシルは、いまだ佇《たたず》むザインを見据える。

「残ったのは三人か。まさかユキトの相棒がここまで生き延びるとはなあ」

意外そうな目でセシルを射抜くザイン。

「やる気みたいだが、ここからは人の領域を踏み越えた戦いだ。ついてくるのは難しいだろ。おとなしくしていた方がいいぜ？」

「それはあなたが決めることじゃない」

セシルの気配が濃くなった。そこでユキトは発露する魔力の中にメイやツカサの魔力が宿っているのを感じた。

「ユキト、分身が爆発する寸前に、二人は私に魔力を託した……それで一矢報いることができるかわからないけれど――」

「わかった……セシル、一緒に戦おう」

頷《うなず》くセシル。同時、ザインは短剣を構え直した。

「それじゃあ第二ラウンドといくか。安心しな、さっきみたいな分身はもう打ち止めだ。昨日、お前らが悠長に休んでいる間にどうにか生み出せた個体だからな。とはいえ」

ザインは顔に笑みを張り付かせたまま、続ける。

「そちらも残り三人……これで互角といったところか？」

カイは無言でザインに仕掛ける。同時、ユキトとセシルもまた、宿敵へ向け走り出した。

ザインとカイの聖剣が激突した直後、金属音が鳴り響きそれが第二ラウンド開始の合図となった。

ユキトは剣を握りしめながら全力でザインの下へ向かう――カイの表情は見えない。だが、背中からは明らかに怒りと呼べる感情が迸《ほとばし》っているのを感じ取った。

「ずいぶん激怒しているようだが、お前がそんな感情を抱く資格はないだろ？」

聖剣を受け止めながらザインは言う。

「野心のために同胞を斬ったんだからな」

「そうだね。僕は全てを支配するべく邪竜と手を組み、仲間を手に掛けた」

揺さぶるようなザインの言葉を、カイはあっさりと受け入れた。

「僕が怒っているのは、先ほどの結果を予測できなかった自分に対してだ。一度裏切った僕自身、仲間を失い嘆くような資格はないさ」

「ほう、なるほどな。だがそうやって考えてまでなぜまだ俺に剣を振るう？　やっぱり最後は支配するのが目的か？」

「それはユキトによって防がれた──今は僕自身が招いた結果を、自分の手で片付けているところさ」

ザインは一度後退する。そしてカイの言葉を聞いて再び笑う。

「なるほど、俺を放置することは気味が悪いと。ずいぶんとまあ、自分勝手な理由だな」

「それで構わない。僕は一度、戦いに負けた。敗者は──勝者に従うまで」

カイの剣戟《けんげき》はさらに鋭さが増し、ザインの体を掠《かす》めるに至る。

「はっ、ここまで来た以上は、もう言葉によって動揺を誘うのは無理か。もう少し白の勇者様が人間に寄り添っていれば話は別だったが」

「一年戦い続けていれば、記憶が戻っても人々を救うために戦っただろう。支配する……その望みはあるけれど、聖剣を持つ責務もまた自覚している」

カイの魔力が引き上がる。限界などないように思えるカイの能力だが──直接やり合ったユキトなら理解できる。彼にだっていつかは終わりが来る。

無尽蔵とも言えるザインの魔力も、一度に使える力の量には限界があるわけだが、長期戦になれば不利になるのはユキト達。だからこそ、さらに力を引き上げて短期戦を仕掛けようとしている。

ザインはそれをわかっていながら応じる構え。その態度はまだ策があるためだろうか。

ここでユキトとセシルがカイの横に到達した。すかさずユキトは魔力を剣に収束させながら一閃《いっせん》する。

「おっと……！」

ザインはカイから視線を外さぬまま、斬撃を避けた。そこでカイも動く。渾身《こんしん》の剣がザインの体へ差し向けられる。

ザインはそれをよけようとした――が、その動きを制した者がいた。セシルだ。

「なに……!?」

一瞬の出来事だった。ユキトの目にはセシルが地面に剣を当てる姿が。魔神の力を宿す迷宮において、構造物は強固であるため剣を突き刺すことはできないが、切っ先が触れた地面を介して魔力を流すことは可能で、ザインの足を拘束する光の鎖《くさり》を生み出した。

それは紛《まぎ》れもなく、ツカサの魔力を用いた攻撃。ザインも完全に予想外だった――彼にとってセシルは邪魔にすらならない存在だったはずだ。けれど、彼女が一矢報いた。

聖剣が、とうとうザインの体へしっかりと入った。肩から腹部に抜けるような軌跡を描いた一撃は、魔神の魔力をしかと抉《えぐ》る結果に至った。

次いでユキトが足を前に出す。一歩で剣の間合いにザインを入れると、あらん限りの魔力を集め、横薙《よこな》ぎを繰り出した。相手はそれを避けることができず、胸部に横一線、剣筋が刻まれる。

ここで光の鎖《くさり》が消え、ザインの体が吹き飛ぶ。地面に激突してから転がり、やがて静止した時には十数メートル離れていた。

ユキトの手には確かな手応えがあった。ただまだザインは滅びていない。カイが追撃の剣を見舞うべく足を前に出そうとした直前――ザインはゆっくりと起き上がり、カイは止まる。

「油断していたぜ、そうだよな。お前らが……お前らの仲間が何も遺《のこ》していないはずがないよな」

顔には苦笑がはっきりと浮かんでいた。先ほどカイを欺《あざむ》きメイ達を倒した――が、まるで意趣返しのような状況にザイン自身が苛立《いらだ》っている。

「どうやら魔法使いの魔力だったみたいだな。ということは当然、歌い手の魔力だってあるはずだ……だが、もう油断はしない」

短剣を握り直すザイン。一方でユキトとカイは並び立ち、一歩後方にセシルが控え支援する構えを取る。

ユキトの目からザインの力は確かに減っていた。迷宮から力を引き出すことはできるようだが、攻撃が効いているためか上手《うま》く力を取り込めていない。

「そちらは、限界のようだね」

カイはザインの挙動を見て告げる。

「迷宮にある魔神の魔力を取り込むにしても、体調が万全でなければ支障が出る、といったところか」

「正解だよ白の勇者様。体が魔神の魔力に馴染《なじ》めているわけじゃねえからな……だが時間が経過すれば話は別だ。現在進行形で俺は魔神の魔力を変換し、そう遠くない内に完全に掌握《しょうあく》する」

「なら、それを果たす前に始末をつける」

カイは宣言と共に聖剣の出力をさらに引き上げた。ユキトはその姿に準じる形で魔力を高め、

「リュシルさん、ディル、二人とも準備はいいか？」

『私は大丈夫よ』

『ディルも平気』

返事と共に、握りしめる剣先から膨大な魔力が生まれた。それを見たザインは口の端を歪《ゆが》ませ、

「やる気だな、そっちは……なら、最後の勝負といこうか」

最後――ザインの言葉にユキトも、カイもまた眉をひそめる。

「というより、そっちが仕掛けてくるだろう？　俺は時を稼げば有利だが、させないように立ち回る……カイは次かその次くらいで勝負を決めるつもりだっただろ？　ならそれに乗ってやろうという話さ」

短剣に漆黒《しっこく》の魔力が集まる。分身さえ生み出すことなくザインは佇《たたず》み、ユキト達を見据える。

「勝負はシンプルな方がいい。あれこれ策を弄《ろう》して戦うのもいいが……今この時ばかりは、どちらが上かで勝負する方が面白いし、後腐れ無くていい」

そんなザインの言葉に対し、カイは合点がいったように声を上げる。

「僕らを完璧に上回る証明が欲しいと言いたげだね」

「はっ、今の発言だけで全てを理解するとは化け物だな、お前は……そうだ、俺は虚《うつ》ろな王だ。自分が世界の支配者になるような未来は見えないし、できるはずもない。だが、最強に至ることはできる……それを証明するには、この世界において最強の人間を倒せばいい」

「最強に至り、何をする？」

「何も」

ザインはカイの問い掛けにあまりにも簡素な答えを提示した。

「まあそうだな、俺はこの迷宮に座して次を待つ……お前らを始末すれば、いずれ他の人間がお前らの仇《かたき》を討つために、あるいは迷宮を踏破するためにやってくるだろう。それを待ち、倒し続ける。それで俺の強さが証明される」

そこまで語るとザインは思いついたように「ああ」と声を上げた。

「少しばかり魔物を外に出して、町や村を脅《おびや》かせば、もっとここに人が集まるかもな。大陸……あるいは世界中で怨嗟《えんさ》の声が集まる。俺を滅ぼすために、ありとあらゆる人間がやってくる」

ザインはその未来を想像し、喜悦《きえつ》の色を濃くした。

「ああ、見えてきたな……未来が。俺が進む先は、自らを最強と証明するための、闘争だ」

――絶対に、倒さなければならない。ユキトは胸の内で声を発した。顔つきを見ればカイも、気配でセシルも同じ事を考えていると察することができた。

ザインはそんな心の声を理解したようで、邪悪な笑みを絶やさぬまま聖剣を握るカイへ告げた。

「悪夢を、負の連鎖を終わらせたくば俺をここで斬れ。それが――世界を救う唯一の方法だ」

「言われなくても、そうするさ！」

聖剣から魔力が解放される。それと同時にユキトも、

「これで終わらせる！　力を！」

リュシルとディルへ呼び掛けると同時、聖剣に比肩《ひけん》するだけの力が剣と体に宿る。

ザインもまた呼応し漆黒《しっこく》の魔力を噴出。そしてセシルもあらん限りの力を高めた。

全員が極限まで魔力を収束させる光景。観衆がいたならば見入ってしまうであろう光景だった。それはまるで神話における天神と魔神の戦いそのもの。迷宮の奥深く、願いを叶《かな》える器があるこの場所で、世界の行く末を決める最後の攻防が、始まろうとしていた。

最初に動き出したのは――カイ。聖剣によって極限までブーストされた身体能力により、一瞬でザインに接近する。

そして振り下ろされた剣にザインは漆黒の短剣で応じた。しかも両手ではなく左手一本で。双方の刃《やいば》が衝突し、金属音と共に魔力が広間を満たす。

次いでユキトが仕掛ける。カイと並び立つように放たれた剣をザインは右手に持つ短剣で防いだ。再度響く金属音。それと共に白と黒の魔力が大気を震わせる。

ザインの顔には笑みが張り付いているが、その奥には隠せない苦痛にも似た感情が交ざっていた。二つの刃を受け平気なはずがないとユキトは心の内で断定する。だが、ザインはまだ手を残しているかもしれない――あるいは、そう思わせることが策略なのか。

ユキトが判断に迷ったほんのわずかな時間。カイは一歩先をいった。せめぎ合う短剣を押しのけるべく聖剣がさらに力を増した。限界を超えた先へ踏み込もうとするカイに対し、ザインは苦笑にも似た表情を見せる。

「さらに上をいくか……やはり、これは──」

カイが短剣を弾《はじ》いた。次いで聖剣がザインの体へ放たれようとして──寸前、ザインが足を前に出した。

無謀な突撃にも見えたその姿。ザインはユキトの剣を短剣でいなし強引にカイへ向け攻め寄せる。そこでユキトはならばと横手に回った。背後から剣を叩《たた》き込むという判断によるものであり、一瞬でザインを挟み込む形になる。

だがザインは構わずカイへ迫る。もはや捨て身の攻撃であり、カイが繰り出す剣すら避ける素振りを見せなかった。

そして、聖剣がザインの体へ届いた──その瞬間、ユキトは何が起こるのか半《なか》ば理解した。声を上げようにも間に合わない刹那の時間。ユキトは声を殺しザインへ剣を薙《な》いだ。剣は背中に届き、しっかりとザインの体に傷を作ったが──相手はその衝撃に身を任せ横へ。直後、ユキトの目に見えたものは、

「──カイ！」

名を呼んだ矢先、カイはゆっくりと膝《ひざ》から崩れ落ちる。その胸には、漆黒の短剣が突き

刺さっていた。

ザインが繰り出した手段は、自らのダメージをもいとわぬ捨て身の攻撃。短剣は彼の手から離れたことで消滅したが、カイの胸からは鮮血が溢《あふ》れ――

「言っただろ、賭けの一つや二つ勝たなければいけないと。これで二つ目……聖剣使いを仕留めたんだ。深手は負ったが、十分すぎる戦果だな」

そう語るザインの姿は限界が間近に迫っていることが如実にわかった。ユキトとカイの刃《やいば》を受け、体をまとう魔力に綻《ほころ》びが生じ始めている。魔神の力を使って消滅を防いでいるが、少しでも迷宮からの供給を止めれば、たちまち体は砕け散るだろう。

「……ユキト」

カイが名を呼んだ。ユキトが視線を向けると、微笑を浮かべる彼と目が合う。

「すまない、僕はここまでだ……あとは――」

言い終えることはできなかった。カイの体は倒れ、残ったのは、リュシルを含め三人。

会話の間、ザインは攻撃を仕掛けなかった。ダメージ覚悟の戦法で彼もまた追い込まれている。その姿を見るに、たとえ聖剣でなくとも倒すことはできるはずだった。

「さあ、本当に最後の勝負だな」

ザインは新たに短剣を生み出し、構え直した。限界が差し迫る中でも戦意は衰えず、むしろ狂気とも呼べる殺意が込められた視線がユキトに突き刺さる。

対するユキトは沈黙し、ただ剣を静かに構えた。その隣にセシルが立ち、ザインは二人を見て笑う。

「まさか最後の最後はお前らと戦うことになるとは思わなかったぜ……なあ黒の勇者――いや、その姿はさしずめ黒白《こくびゃく》の勇者か。仲間を犠牲にして立っているのはどういう心境なんだ？」

ユキトは何も答えない。けれどザインは感情を読むことはできたようで、

「怒り、か。それはカイと同じように俺の手を読めなかったという自責の念か？　それとも、仕留めきれなかったという後悔か？」

「……全部だよ」

ユキトは応えた。けれど同時に、別の感情も胸の内に存在していた。

最後まで言い切ることができなかったカイの言葉。あとは――口の動きから、頼むと言い残したかったのだとわかった。

「けれどそれ以上に、託された。だからザイン、今ここで決着をつける」

ユキトの言葉に、ザインの顔から笑みが消える。まるで、刃による傷よりも遙《はる》かに痛みを抱いたかのように。

「ああそうか……なら、終わらせよう」

ザインが漆黒《しっこく》の魔力を伴い駆ける。それと同時、

「リュシルさん」

『ええ、いけるわ』

「ディル」

『こっちもいける』

「……セシル」

「終わらせましょう、ユキト」

彼女の言葉で、怒りが消えた。同時、燃えるような衝動と共に、仲間達の姿が思い起こされる。

戦場で散っていった仲間と騎士達。その全ての思いが双肩《そうけん》に乗っかった気がした。彼らの思いと、今この場にいてユキトを支えてくれる者達――何より、最後まで隣に立ち続けたセシルの存在が、目の前にいる強大な敵を前にしても怯《ひる》ませなかった。

「――ザイン！」

「ユキトぉ！」

戦い続けた因縁の相手。漆黒《しっこく》の刃《やいば》が殺到し、今にも届こうとする――それを阻《はば》んだのはセシル。彼女はザインが左手に握る剣を、防いだ。

「騎士風情《ふぜい》に防げるわけが――」

ザインが吠《ほ》えた直後だった。セシルは刀身に秘めた魔力を解放した。それは歌を通して剣に付与されたメイの魔力。その力が、本来魔神の力に届かないセシルの剣を高め、短剣を弾《はじ》くことに成功した。

「な――」

しかもそれは明確な隙《すき》を生み出すほどに、ザインの動きを鈍《にぶ》らせた。

そこへユキトが一閃《いっせん》した。渾身《こんしん》の剣戟《けんげき》に対しザインは残る右手の短剣で防いだが――後手に回り、どうにか弾くので精一杯となる。

隙が生じたザインにユキトは間合いを詰め、剣を――その胸に、突き立てた。

「――は」

ザインが言葉をこぼす。ユキトの腕には確かな手応え。そして相手の体が静かに、崩れ始める光景。

「やっぱり、こうなったか」

ザインは無理矢理後退し、自らの力でディルを引き抜いた。両腕は力をなくし短剣を取り落とし、地面に当たると乾いた音を上げて消滅していく。

「一人で居続けた人間……いや、元人間の末路としては、まあ上等な方か」

「お前……最初からこうなることを予期していたのか？」

力を失い始めるザインに対し、ユキトは油断なく剣を構えながら問い掛ける。

「俺達が勝利すると？」

「五分五分だと思っていた。最後の最後、残るのはお前かカイのどちらかになると考え、仲間を殺し煽《あお》り立てれば感情にまかせ突撃してくる……そうなったら勝ち目があったが、上手《うま》くはいかなかったな」

ザインは笑う。皮肉を込めた、自虐的なものだった。

「最後の攻防……その寸前まで、怒りで感情は支配されていたはずだ」

「ああ、そうだな。でもカイが声に出せなかった言葉……そして残る仲間達の存在が、無茶な攻撃を押し留《とど》めた」

――セシルの存在が、何より大きかったとユキトは思った。パートナーであり、ユキトにとって最愛の存在である彼女がいたため、燃え上がるような怒りをなだめ、こうした決着に至った。

「ザイン、俺は仲間がいたからこそ、勝てた……お前は、いなかったから負けたと？」

「そうじゃねえ。俺は後悔してない。村を出てから俺は一人だった。殺す術《すべ》を教えた存在は、俺を道具としてしか見ていなかった。誰も信用するな……そんな言葉が俺の胸に宿った。邪竜の支配を受けた時も同じだ。全てを出し抜き、力を手に入れ頂点に立つ……無論、それは孤独な玉座を意味するが、構わないと思った」

ザインが目を向ける。醜悪《しゅうあく》な笑みはそこになかった。悔しさと同時にやりきったという、満足げな感情も同居していた。

「だが、やはり仲間を背負って戦う人間には勝てなかった。それだけの話だ」

ザインはゆっくりと倒れる。それと共に『神降ろし』の効果は途切れ、リュシルが姿を現した。

「最後に言い残すことはあるかしら？」

「確認だが、ここに俺がいることはダインに知られているか？」

「邪竜との戦いで気を失ってしまったから、知らないわ」

「丁度良い……俺は死んだ後、どうこう言われるのはお断りだ。ザインという存在は、ベルファ王国の戦いで本来終わっているだろう？　なら、この戦いは歴史の裏に葬り去ってくれ。ダインにも伝えるな」

「それは弟さんのことを思ってかしら？」

「どうだろうな。ま、アイツが気に病《や》むのはわかりきっているからな。死んだ後、グチグチ悩まれるのは癪《しゃく》だというだけの話だ」

「わかったわ。あなたに従いましょう……どういう形であれ、邪竜との戦いに貢献したのは事実だからね」

「はっ、礼はいらねえぜ」

ユキトはザインに近寄った。四肢は既に崩れ始め、体の内に眠る魔力も風前の灯火《ともしび》。

「じゃあな、ザイン」

「感傷的になるなよ。俺はただの敵だ。ま、しがない殺し屋の分際でここまで大暴れできた、世界を引っかき回せたのは……楽しかったぜ」

ザインの体が、消え失《う》せる——こうして、人類と魔神の戦いは終焉《しゅうえん》を迎えた。


ユキトはしばしザインが消えた場所を見据えた後、ゆっくりと振り向き、戦場だった広間を見回した。倒れる仲間を見て悲痛な感情がこみ上げ——近寄っていく。

湧き出ようとする感情を押し殺し、ユキトは仲間達を抱え、一列に並べた。そして手をかざし——仲間の魔力を引き出した。

(記憶……これで、後は……)

心の内で呟《つぶや》くと共に、血のように紅《あか》い球体へ目を向ける。

「リュシルさん、あれに触れればいいのか？」

「ええ、そうよ。願いの内容は……異世界から召還された者達を蘇《よみがえ》らせる。その言葉で叶《かな》えられるはず」

ユキトは頷《うなず》き、真紅の球体——『魔紅玉』へと歩み寄る。戦いの中でも球体は一切の変化を見せず、ただ願いを叶える者を待っている。

そしてユキトは近づき手を伸ばす。魔力が反応し、手のひらが熱くなる。さらに球体に触れると、腕全体が熱を帯びる。

「……宝玉よ、俺の願いを叶《かな》えてくれ」

ユキトは慎重に、言葉を紡《つむ》いでいく。それと同時に、仲間達の記憶が眠る魔力を『魔紅玉』へ注いだ。

「俺の同胞――この世界とは違う、異世界から召還された者達を、蘇《よみがえ》らせてくれ！」

宣言と同時だった。真紅の光が突如金色の光へと変化し、球体の魔力が広間を満たし、駆け抜けた。

魔力が噴出したことによる旋風《せんぷう》がユキト達の体を撫《な》でる。それは戦闘後、いまだ熱を持つ体を穏やかになだめるような効果を生み、同時に迷宮内に存在する魔力が、鎮まり始める。

「これは……」

「迷宮の終わり、ね」

リュシルが言う。そこでユキトは周囲を見た。倒れている仲間達。その姿がどうなったのか。

結果を見てユキトは瞠目《どうもく》する。仲間達――カイ、オウキ、ツカサ、メイの四人。その体が跡形も無く消えていた。

地面を眺めていると、リュシルから解説が入る。

「光と共に魔力が駆け抜けた瞬間、カイ達の体は消え去ったわ。ただそれは消滅とは違う。彼らは復活したのは間違いない。けれど」

「……それは間違いなく元の世界で、だよな」

リュシルは小さく頷《うなず》いた。城に眠る仲間達もまた、消え去っていることだろう。

「蘇らせた結末は、全員が元の世界へ戻った……か」

そして、ユキトはこの世界にただ一人、取り残された。とはいえ、他の全員が元の世界へ戻ったという結果により、遠くない内に帰れる算段をつけることができるはず――

「……リュシルさん」

ユキトは機能を失いつつある迷宮で、リュシルに問う。

「元の世界へ帰還したカイ達は、どういう形で戻ったと思う？」

「そこは正直わからない。ただ、事前に色々と検証はした……様々な可能性がある中で、一番可能性が高いのは、召還された直前の時間軸に戻ること」

「召還直前……？」

「人を蘇らせる場合、『魔紅玉』は時間を遡《さかのぼ》り無事だった姿をこの場所へ招く。召喚に近いものだけれど、ユキト達の場合は……異世界出身であったため、この場に招かれることはなかった」

「けれど、蘇らせることには成功した……」

「カイ達の体が消えている以上、それは間違いない」

リュシルの言葉にユキトは頷《うなず》き、

「なら……俺が戻る場合は？」

「あなた達の世界とこの世界、時間軸がどうなっているのかわからないため、断定したことは言えないけれど……もし魔法を作るとしたら、あなた達が召還された縁を辿《たど》ることになる……けれどそれは時間が経てば経つほどに薄くなっていく」

リュシルは憮然《ぶぜん》とした面持《おもも》ちで、ユキトへ語る。

「ユキトを送還させる魔法は作れる。でも正直どれほど時間が掛かるかわからない。もしこの場で全員が復活し、仲間達と共に研究を続ければ、容易だったと思う。年月が経過してもあなた達の能力と、多数の縁を持つ人間がいることで実現するのは早いはずだし、時間指定も可能だったでしょう」

そこまで言ってリュシルは、小さく息をついた。

「しかし残っているのはユキト一人。召還した魔法も解析はしているけれど、果たしてカイ達と同じ時と場所に戻せるのか……わからない」

「……そうか」

ユキトは返事をしながら剣を鞘《さや》に収めた。一人取り残されてしまった結果、カイ達と同じ時に帰れるという可能性は——

「……ただ、ユキト」

リュシルは一歩進み出る。一方、セシルは二人のやりとりを無言で見つめている。

「あなたには選択肢が二つある。一つはこの世界へ留《とど》まること。たった一人、残ってしまったけれど、世界を救った英雄として、一生を終えることができる」

「……ああ、そうだな」

その曖昧《あいまい》な返事は、この場にいる他の者達にユキトがどういう選択を取ろうとしているのか、明瞭に理解できるものとなった。

「そして二つ目。元の世界へ帰る……けれど、既に戻ってしまったカイ達の所へ戻れるのかはわからない。あなたが英雄の威光を利用して魔法を研究したとしても……召還するより、送るということ自体が非常に困難だから――でも」

リュシルはユキトを真っ直ぐ見据え、続ける。

「今、この場ならば、送還はできる」

「……え？」

「願いにより『魔紅玉』はカイ達を蘇《よみがえ》らせた。そして今、迷宮としての機能を失いつつあるけれど、まだ魔力は残っていて、私にはカイ達が残した縁が見える。天神としての力を持つ私なら、迷宮の力を利用し、あなたを戻すことができる」

すぐに帰ることができる――ユキトは思わぬ選択肢にゴクリと唾《つば》を飲む。

「でも、それは今、閉じ始めている迷宮に力と痕跡が残っているからこそ許された奇跡。

この機を逃《のが》せば、カイ達と同じ場所へ帰れる保証はない」

「……そうか」

ユキトは応じると、一度目を伏せた。戦ってきた記憶が走馬灯のように駆け巡る。この世界で、自分は英雄となった。

この世界に留《とど》まることを、誰もが否定しないだろう。たった一人生き残り、寂しくもあるが――その感情も、英雄として生きれば満たされるかもしれない。

けれど、

「……リュシルさん」

「ええ」

リュシルは手をかざした。魔力が手先に集まり、彼女の足下に魔力が生まれ、それが魔法陣となって形を成す。

「ユキト、魔法陣が完成するまで少しだけ時間がある。別れの挨拶《あいさつ》は済ませておいて」

言葉を受け、ユキトはセシルへ近寄った。セシルが負った怪我《けが》については既に治療をしたようで、

「無事で、本当に良かった」

「ユキトも……帰るのね、元の世界へ」

「ああ、ごめんセシル」

「謝らないで。私はユキトが決断したことを最大限に尊重する」

微笑を見せるセシル。次いでユキトの目を見据え、

「世界を救ってくれてありがとう、ユキト」

「俺だけで成しえたわけじゃないけどな」

「でも、ユキトが頑張ったことで成し遂げられたのは間違いないわ……ディルも、お疲れ様」

『出番はもう終わりかな？』

声と共にディルは人間としての姿を現す。

「ユキトともお別れかな？」

「……どういう形で元の世界に戻るかわからないけど、さすがにディルは取り残されるだろ」

「じゃあディルはこれからどうすれば？」

「そこはほら、リュシルさんとかセシルを頼ればいいよ」

「えー、でもお城に閉じ込められそうでつまんなさそう」

そんな会話を聞いてセシルはクスクスと笑う。

「ふふ……ユキト、ディルのことはリュシル様に任せておけばいいと思うわ」

「ん、そうだな。ディル、ちゃんと言うことは聞くんだぞ」

「子供じゃないんだから」

と、ツッコミを入れた後、ディルは突如居住まいを正し、

「ま、冗談はこのくらいにして……今までありがとうユキト、なんだかんだ楽しかったよ」

「……礼を言うのは俺の方だよ。ディルがいなかったら俺はここまで戦い抜くことはできなかった」

互いに笑い合うと、ディルは「じゃあね」と一言告げて姿を消した。そんな光景を見てセシルもまた笑い――リュシルの「準備できた」という声が聞こえた。

「……今までありがとう、セシル」

別れの言葉は、ひどく簡素なものだった。けれどセシルは満面の笑みで――晴天を思わせるような清々《すがすが》しい表情で、応じた。

「私も、ありがとうユキト」

彼女の言葉と共にユキトは身を翻《ひるがえ》す。リュシルは「もういいの？」とでも言いたげな表情をしていたが、ユキトの顔つきを見て、告げる。

「……世界を代表して、ユキト。ありがとう、ユキト。この恩は一生忘れず、私達はこんな悲劇を二度と繰り返さないよう、約束する」

「頼むよ、リュシルさん」

仲間へ掛けるような声音と共に発した言葉に、リュシルもまた穏やかに笑った。

そしてユキトは魔法陣へ足を踏み入れる。途端、光により――世界は純白に包まれた。

＊　＊　＊

――一人の英雄が、世界を去った。それを見送ったのは二人。一人は神話の時代より生き続けた天神。そしてもう一人は英雄と共に肩を並べ戦い続けた騎士。

「……これで、終わりね」

天神が言う。光が途切れ英雄の姿は、どこにもなかった。

「無事、戻れるのでしょうか」

騎士が疑問を呈《てい》す。それに天神は「大丈夫」と応じ、

「縁はしっかりと残っている。そこを読み違えたりはしない」

「そう、ですか」

天神はまだ魔法陣を起動させたまま、維持し続けている。しかし迷宮に残る力はなくなりつつあり、魔法陣が消えるのも、時間の問題だろう。

「――セシル」

そして天神は騎士の名を告げた。何が言いたいのかは騎士も理解できた。

「……はい」

返事をすると、天神は騎士に対し惜しみない笑顔で応えた。

＊　＊　＊

チャイムの音が鳴り響き、ユキトの意識は覚醒した。はっとなると同時に自分がどこにいるのかを克明《こくめい》に理解する。

そこは教室——あの日、召喚魔法の光によって包まれた教室。そこに舞い戻り、窓際にある自分の席に座っていた。

それを認識した直後、教室に教師が入って来る。混乱した頭の中でユキトは机の上にあった教科書を開き、ひとまず授業を聞いているフリをする。

一応は真面目に授業を受けようとしたが、まるで集中できず——ユキトは周囲に視線を巡らせた。誰もが粛々《しゅくしゅく》と授業を受けている。ただ、昼休み直後なら机に突っ伏し眠るクラスメイトがいてもおかしくないが、そうした人間は皆無だった。

授業が進む中、混乱しつつユキトは思考をまとめる。今は昼休み直後の授業。本鈴が鳴り始めるまでの記憶が飛んでいる——否《いな》、違う。

（召還……）

鮮明に、戦いの記憶が蘇《よみがえ》る。それと共にあれは本当に現実だったのだろうかと、心の隅で疑問を抱いた。自身の体を見る。制服姿の見慣れた自分。その手は、異世界で修羅場《しゅらば》をくぐり抜けてきたものではない、高校生としての手。

だが、戦いの記憶はとてもリアルで、感触だって全て記憶していた。剣を握りしめた感覚、魔物を斬った手応え。そして、彼女の――セシルの温もり。

「あ……」

英雄としてあの世界に留《とど》まるのではなく、戻ってきた自分。少しずつ放心状態が解け、現実感が増してくる。

この世界の人間にとって、自分の成してきたことは非現実的だろう――けれど、あれは紛《まぎ》れもない現実だった。邪竜との戦いを経て、自分は戻ってきた。

そして、仲間達は――クラスメイトは淡々と授業を聞いていた。板書された内容をノートに写す人もいれば、教科書に目を落とす人もいる。それは、教室でひどく見慣れた光景。

(仲間達の、記憶はどうなった？)

カイが事前に仕込んでいた策。願いと共に魔力を注ぎ、その後どうなったのか。

騒ぎ立てる人間は誰もいない。ユキトと同様に記憶が混乱しているためか、それとも『魔紅玉』の力によって蘇ったことにより、記憶を失ったか。

策を施しカイは記憶を維持できるよう処置をしたが、それが成功したかどうかはわからない。授業中である以上ユキトは話し掛けることもできず、教師の声を聞く。確認するにはどうすればいいのか――普段以上に長く感じる授業を受けながら、ユキトはただそれだけを考え続けた。

そうして、授業が終わりを迎える。教師が次の授業内容を予告した後、教室を出て行った。授業と授業の間にある短い休み時間。次の授業も教室なので、座って待っていればいいはずなのだが――

ふいにガタンと椅子を引いた音と共に立ち上がる人物がいた。クラスのリーダーであるカイ――彼は周囲の人に目もくれないまま、無言で歩き始め、ユキトの近くまでやってきた。

普段の教室ではあり得ないシチュエーションだった。どういうことなのか、ユキトが戸惑っていると、カイは口を開いた。

「終わったのかい?」

主語のない問い掛け。それと共にユキトは様々な感情が胸の内で巡った。それがどういうものなのか、自分自身でもわからないまま、口が勝手に動いた。

「……ああ、全部、終わった」

――直後、クラスメイト達が一斉に歓喜の声を張り上げた。友人同士で抱擁《ほうよう》し合う者、

肩を組んで喜ぶ者もいる。喧騒《けんそう》の中でユキトは静かに立ち上がった。そしてカイと向かい合い、

「成功、ってことでいいのか？」

「……最後の最後、ユキトに全てを背負わせて申し訳なかった」

「いいさ。こうして全員で戻れたんだから――」

ユキトへ近寄ってくるクラスメイトが一人。その人物はユキトの横へ来ると肩を組み、

「全員生還ってわけだ」

「……本当に、色々あったよタクマ」

シャディ王国における戦いで命を落としたタクマだった。生きている姿を見て――失われた仲間達の姿を見て泣きそうになりつつ、

「何があったのかは、話さないといけないか？」

「当たり前だ。ここに全員いるってことは勝ったわけだが、その過程ってのは重要だ。何せ、話題について来れない可能性が出てくるからな」

「……そこについては、ゆっくりと話をしようじゃないか」

返答後、タクマは別のクラスメイトに呼ばれそちらと話を始める。そこでユキトは真正面から歩み寄ってくる存在に気付いた。友人と再会し喜んでいたメイだった。制服姿の彼女は本来なら同じクラスメイトであっても話し掛けることのできない存在だったが、今は

違う。

そんな彼女は憮然《ぶぜん》とした表情、というか頬《ほお》を膨らませている。その様子を見てユキトは何が言いたいのかを察し、

「……この終わりは不服って雰囲気だな」

「ユキトは戻らないという選択肢だってあったはずなのに」

「願った結果、あっちの世界ではなくこっちの世界に俺以外戻ってきたんだ。結末がどうなったか気になるのは当然だろ」

「それはまあ、私が同じ立場だったら同じことをしたと思うけど……」

理解はしているにしろ、何か言いたい様子のメイにユキトは苦笑する。そんな彼女をカイは「まあまあ」となだめつつ、

「さて、授業はまだあるし。馬鹿騒ぎは放課後までとっておくとして、席に着こうか」

教室はまだ沸騰している。隣のクラスからなんだなんだと見に来る生徒もいて、ユキトも落ち着こうと息を整える。

『――お？』

その時、声が聞こえた。そこでユキトは動きを止め、

「……え？」

「ユキト、どうしたんだい？」

声を掛けるカイ。だがユキトは答えられないまま、一度周囲を見回した。

それと共に、違和感を覚える。見慣れた教室に、見慣れた景色。その全てはとても馴染《なじ》みのあるものだったはずなのに——心が落ち着いたからこそ、わかる。今までとは違う。

そして身の内に眠る何かを感じ取り、ユキトは右手を掲げた。カイを含め他のクラスメイトが注目する中、その右腕を振った。

途端、右手に馴染んだ感触と慣れた重さが生じ——ユキトの右手に、漆黒《しっこく》の剣が握られた。

「——は？」

思わずユキトが声を上げた。カイを含めクラスメイト達も目を丸くする中で、

『お、何だ巻き込まれてるじゃん』

「——お前、なんでいるんだよ⁉」

思わずツッコミを入れると、剣——ディルは笑い声を上げた。

『いやあ、ユキトの体の中に居座っていたらついでに飛ばされたみたい』

「みたい、ってそんな簡単に……」

「ユキト」

カイが名を呼ぶ。それでユキトは首を向け、

「何だ？」

「もしかして、魔法とかも使えるのかい？」

言われ、ユキトは一度剣を消して右手を観察。肌が粟立《あわだ》つような感覚と共に魔力を感知することができ、

「ちょっと待て、この体は召還される前に戻っているんじゃないのか？」

「体はそうだけど、魔力面はどうやら違うみたいだね。僕らが『魔紅玉』の願いによって記憶を維持したまま蘇《よみがえ》ったのと同様、ユキトも魔力面においてはそのまま、ということなんだと思う。だからディルが引っ張られてきた」

「おいおい……」

「もしかすると僕らも魔法が使えるかもしれない。検証したいところだけどさすがに時間もないし放課後になるな。とりあえず――ユキト？」

再び名を呼んだ。けれどユキトは答えられなかった。

その視線は上へ向けられていた。ディルを顕現《けんげん》させたことにより魔力に関する感覚が鋭敏となった。結果、あることに気付いたのだ。

途端、ユキトは走り出した。クラスメイトの間を縫うようにして教室を出ると、一目散に廊下を駆ける。

「ユキト⁉」

メイが呼ぶ声が聞こえ、それでも立ち止まることなくユキトは走る。その間に教室から

出た気配が二つ。おそらくカイと、メイだ。

ユキトはひたすら走る。もし教師に見咎《みとが》められたら「廊下を走るな」とたしなめられるところだったが、そんなことを考えている余裕はなかった。そもそも、今のユキトは学校内にある人の気配を魔力的に感じ取れるようになっていた。どこに人がいるかを認識し、走っているのがバレないように動ける。

そうして辿《たど》り着いたのは、屋上へと続く上り階段――ユキト達の学校は屋上を開放していない。だからそこへと向かう階段にはうっすらと埃《ほこり》が堆積しているのが見え――それにも構わずユキトは進む。

屋上へ繋《つな》がる階段の周辺は課外授業などに使われる部屋ばかりであり、人気《ひとけ》はない。だからこそユキトは何の障害もなく、屋上への扉の前に辿り着く。

そこで一度立ち止まり、

「……そんな、馬鹿な」

扉の向こう、そこに人の気配がする。しかもそれは――

ユキトは考えをまとめるより先に体を動かした。ドアノブを回してみるが鍵が掛かっている。けれどすぐさま魔法により――解錠に成功した。

後方から足音が聞こえてくる。カイ達だろうと考える間に、ユキトはドアノブを回し、重い扉を開けた。

「……ユキト、突然どうしたの――」

やがて辿《たど》り着いたメイが声を上げながらユキトの後方まで来て、彼女もまた立ち止まった。

屋上にあった光景。それを見てメイは絶句し、さらに後方から来たカイもまた、立ち止まり目前の光景を凝視する。

「……そうか」

けれどカイは、予期していたような言葉だった。一方でユキトは声を発することができない。

ユキトの視線の先には、人が立っていた。それは、信じられない相手だった。

「……あはは」

乾いた笑い声を上げる女性。あの迷宮における戦い――その姿をした、騎士であるユキトのパートナーであるセシルが、そこにはいた。

「来ちゃった、ユキト」

ユキトは屋上へ出て、セシルに駆け寄り抱き合った。信じられないという気持ちと、もう二度と離さないという気持ちを込めて、強く。

――そうして、ユキト達の旅は終わりを告げた。物語の結末を祝福するように、晴天の空に存在する太陽は、ユキト達を真っ白な光で照らしていた。

エピローグ

「よし、宴会場は確保した」

カイの言葉におおー、と周囲のクラスメイトから声が上がる。

放課後、ユキト達は、これからどうしようか話し合いを始めた。ちなみにこの教室には今ユキトによる魔法が掛かっている。クラス全員が教室に居残っている、という光景は多少なりとも違和感を覚えるだろうから、それとなくこの教室に誰かが近寄ってこないよう、人払いの魔法を使用している。

とりあえず全員生還して帰ってきた、ということで宴会でもやろうという話になってカイが会場をおさえることとなった。

「といっても、格安で借りれる公民館のホールだけどね。飲食の制限はないところだからお菓子とジュースくらいは持ち込める。さすがにどこかの店を予約、というのもこの大人数だと面倒だしね」

カイの言葉に多数のクラスメイトは賛同する。それでいいだろうという意見が大勢だった。

「時間と詳細は板書しておく。スマホとかに情報が必要だったら連絡先を教えてくれ……みんなが週末でいいというからとりあえずそうしたけど、スケジュールは大丈夫かい？」

「そんなの、空けるに決まってるだろ？」

タクマの言葉だった。他のクラスメイトも同意の意を示し、カイは苦笑しつつ小さく頷《うなず》いた。

「わかった。それじゃあ次……一番重要なことを決めようか」

——教室には、セシルがいた。ユキトの席に座りどこかばつの悪そうな表情をしているが、メイが後方に立ってセシルの両肩に手を置いた。

「大丈夫だよセシル。こっちに来て迷惑だなんてこと、一切ないんだから」

「……メイ、満足そうだな」

ユキトがなんとなく言葉を投げると、メイは「ふふん」と鼻息荒く頷き返した。

「彼女については、メイに同意だ」

そこでカイがセシルへ向け発言した。

「この国の制度を思えば、大変かもしれないけれど……なんとかなる。いや、してみせる」

「カイ、本当に大丈夫か？」

「選択肢は色々ある」

（高校生の身の上で選択肢がある、という時点で化け物だな）

改めて目の前にいる存在がどれほどなのかをユキトは理解する。そうした中カイは、

「セシル、メイも言ったけれど心配しなくていい……オウキ、もし良ければ力を貸してくれないか？」

「ああ、もちろんだ」

オウキは承諾する――と、カイは自身の右手を見据えた。

「それに、だ。僕らにはもう一つ方法がある」

直後、カイの右手に魔力が集まり始めた。クラスメイト――仲間達が驚く中で、カイの手のひらの上で炎が小さく燃え上がった。

「体はこの世界のものだけれど、魔力は記憶と共に僕らの体に宿っている……霊具を使いこなしていた全員が魔法を扱えるだろう。なら、やりようはいくらでもあるさ」

「言い方が怖いけど……ま、俺もなんとかなりそうな気がしてきた」

ユキトは述べると、周囲にいる仲間を見回した。

「あれだけの苦難を乗り越えたんだ。今の俺達なら、何だってできそうだ」

「ああ、僕もそう思う」

応じたカイを、ユキトは見据えた。記憶がある、ということは彼自身――

「ユキトの視線の意図は理解できる。僕に対し色々思うところがある仲間もいることだろ

う」

苦笑する仲間がいる。タクマを始めカイが裏切ったことを知らない仲間は首を傾《かし》げたが、

「野心はほとんど残っていない。ただ更生した、という表現も違う……今までとは違う形で、僕なりに歩んでみようとは思う」

「魔法を使って？」

「そうかもしれない……と、そうだ。僕らが得た経験があれば、もしかすると異世界へ再び行ける道筋ができるかもしれない」

その言葉にユキトを含め周囲の仲間達は驚きを示した。

「あくまで可能性の話だけれど、あの世界と僕らとの間で強い縁が結ばれたのは確かだ。今はまだ難しくとも、魔法の研究を進めていけば……オウキなんかは、もう一度異世界へ渡る理由があるだろ？」

「ははは……」

困った顔をしつつ笑うオウキ。なんだどうしたと周囲から質問される中、カイは横へ視線を移す。そこに、人間の姿をしたディルがいた。

「魔法が完成した時、ディルの力を頼るかもしれないね」

「いつでも頼っていいよ。ま、ディルは別にあの世界に未練とかないけど、繋《つな》がった方が

楽しそうだし」

「お前なあ……」

と、ユキトが呆《あき》れるとカイは「まあまあ」と手で制しつつ、

「それじゃあ、話し合いはこのあたりにしよう。セシルについてはひとまず魔法で姿を消して目立たないようにするとして」

「今日の泊まる場所とかはどうするんだ？」

「私の家とかどう？」

と、提案したのはメイ。

「幸いながら私も魔法は使えるみたいだし、両親も誤魔化《ごまか》せるよ」

「ならひとまず、暫定的《ざんていてき》にメイの家に厄介《やっかい》になろうか。その後、住む場所を含めて決めていこう。それじゃあ、今日はひとまず解散」

仲間達が動き始める。カイもまた「用があるから」と足早に教室を出て、そうした中でセシルだけが呆然《ぼうぜん》とユキト達を眺める。

最後に残ったのはユキトとディル、そしてメイとセシル。メイは嬉《うれ》しそうにセシルの傍《そば》にいて、そんな様子を見てユキトは小さく笑った。

「……それじゃあ、セシル。行こうか。メイ、今日時間はあるのか？」

「うん、今日は特に予定ナシだね。まずは何より着替えないとだね」

「だな。それと俺達が暮らす町を、見てもらうところから始めよう……あ、ディルは俺の中に引っ込んでいてくれ」

「はいはーい」

ディルの姿が消える。そこでセシルは立ち上がり、

「……ユキト──」

「謝らないでくれよ。俺も、メイも……仲間達はセシルがこういう決断をしたことを支持しているし、純粋に──俺は、嬉しいから」

その言葉で、セシルは口を止めた。だから、

「……ええ、わかった」

迷宮で見せた満面の笑みを伴い、

「これから、よろしくね……ユキト、メイ」

「ああ」

「こちらこそ」

そしてユキト達は歩き出す──数奇な運命を辿《たど》った英雄と、騎士。

二人はこれからも並び立ち、未来を紡《つむ》いでいく。


〈『黒白《こくびゃく》の勇者 5』 完〉

ヒーロー文庫

黒白《こくびゃく》の勇者《ゆうしゃ》 5

陽山純樹《ひやまじゅんき》

2024年1月10日　第1刷発行

発行者　廣島順二

発行所　株式会社イマジカインフォス
〒101-0052 東京都千代田区神田小川町 3-3
電話／03-6273-7850（編集）

発売元　株式会社主婦の友社
〒141-0021
東京都品川区上大崎 3-1-1 目黒セントラルスクエア
電話／049-259-1236（販売）

印刷所　大日本印刷株式会社

ISBN 978-4-07-456711-9